深海魚

響野湾子《きょうのわんこ》短歌集

池田浩士 編

インパクト出版会

深海魚

響野湾子短歌集

目次

深海魚

響野湾子短歌集

＊文字遣い・送りがな・振りがななど、表記はすべて作者自筆原稿のままを再現している。

＊文語表現の旧かな遣いのうち、文法や慣用法から逸脱した作者独自の表記と見なすべき以下のような字句も、修正せずにそのまま生かした。

・聞こへ　見へ　消へ　冷へ　増へ　覚へ　燃へ　とだへ（「へ」は文法通りには「え」）

・老ひ（老い）　飢へ（飢ゑ）　知れなひ（知れない）

・叫けび　遅そき　残こし　疲かれ　忘すれ　運こぶ

＊同一の語句に見られる表記の揺れ（「我」と「我れ」、「帰る」と「帰へる」など）や、新旧かな遣いの混用も、すべてそのままとした。

＊「死刑在置」（正しくは「死刑存置」）、「被爆地」（「被曝地」）のような明らかな誤記は、編者の責任で訂正した。ただし、必ずしも誤記と断定できないごくわずかな表記については、〔ママ〕というルビ（振りガナ）を付してそのまま生かしたものがある。

＊漢字の読みは読者に委ね、編者による振りがなはいっさい付さないことを原則とした。

＊配列は制作年代順とし、各作品群に作者が付した表題はそのまま生かした。それらの内部での順序は、割愛したものを除いて原稿を踏襲している。

二〇〇六年　「深海魚」一八首より

死刑囚安らぎの無き夜の七時賜わる花の向きかへて寝る

今朝もまた人吊る訓練ありしとふ〔ママ〕刑死無き夜の紫の蜩《せみ》

春は黄の福寿草より秋の紅曼殊沙華咲く死囚は無色

天界に登る梯子のあるならば月の駱駝にまずは乗りたし

土壇場の明日あるかも知れぬ夜に命いとひて風邪薬飲む

罵りの一つが欲しく法廷に死囚は立てど静寂の時

上訴審棄却賜わる今朝よりは光り届かぬ深海魚となる

二〇〇七年　「みどり亀」一〇首より

刑死まで一度は見たし区切り無い月に太陽満天の星空

殺めし日風一つ無く煙り立つ湯屋の煙突だけが生きてた

監獄に命あること知りたくてリストカットの瘡蓋《かさぶた》を剥ぐ

殺めたる人の飼いたるみどり亀その目が死囚の今も見ている

二〇〇七年　「総括」一〇首より

死囚《しゅう》として長く生きれば囚友《とも》の死の悲しみに逢うそれも苦しき

まやかしの贖罪てふ刑死より罪を背負ひて我は生きたし

息吐けぬ真空地帯の独房に溜まれる悔の泪をゆする

聖職と偽わり人を殺めたる死囚我れより悲しき刑吏

二〇〇七年「鯨声」一〇首より

取り留めし脳梗塞の命もてその監獄で刑死を待てり

句読点全てがありし大罪を認めた調書指印が泣いてた

悲しさの極まる果ての夢を見ちまった手のひらの汗はもの言えぬ泪

鯨声のような鳴き声一夜してまた新しき死囚産まれる

二〇〇九年　「夜明けへ」三〇〇首より

出所《でる》時は命無けれど格子無き町に還へれる番号を捨て

あの青き空を切り取り独房の暗きに貼りて置きたしと思ふ

細く細く暗き獄舎に入り来たる初日の出見る便座に登りて

ハイエナが羊の皮を着ただけさ看守嘲笑《わら》へり我れの洗礼

生きていて死ばかり詠めり独房の油虫たたいた後の静けさ

絞首する程良き太さのロープもて縄跳びにせよと渡し来る獄卒

窓ばかり絵描ける画家に似し如く獄窓ばかり詠む死囚《しゅう》なりし

酔ひ痴れて風に歩きし彼の街の駅舎の鐘を獄舎にて聞く

神様・神様・神様僕はなぜ殺人者なぞになったんだろう

筆持てば指先よりまず淋しさが登り来たりて書く文字もなし

刑死者の住まひし部屋を半年余空房にしてまた人の住みをり

階段に座りてものを想ひたし雲に見とれて風に吹かれて

我が刑死待ちて望みし人ありて慎しめる事慎しみて生く

虫泣ける如くにポットの栓を締め調節したる夜が寂しくて

我を神に引き合わせせくれし君が今朝処殺されたり花散りし日に

我が命もて贖うに足らざるを知りて絶望深まりぬ罪

花の無きこの独房に赤青《せきしやう》の色鉛筆をコップに立てをり

独房に壁掛けあれば服を掛けそこに人居るやうに色つかい分け

琥珀色の恨みの増すを感じをり死刑判決法廷に響けど

処殺さるる前にひとたび法廷に立ちたし遺族に叫けび詫びたし

監獄の真夜に覚めれば人にはあらぬ息づかいする部屋のかたすみ

少年の死刑判決手を打ちて喜ぶ囚あり疎ましき無知

春来たりと思へど夜の永かりし悔燃やす場所満月《つき》の裏側

夜の長き冬の寂しさより獄の夏の夕日のことに寂しき

壊われる程悔を絶叫したき時ありぬ黙せる事を強いられてなほ

亡命といふ字にあこがれし日のありて堕落論読む獄中に死を待ち

定年の看守は死囚の我れの手を狭き食器孔より握りて去れり

確定の決まりし日より潮騒の耳鳴りがする眠りつくまで

跳蜘蛛の死囚の独房《こべや》に入り来れば窓より逃がしくれし看守あり

カラフルな薬七種を毎食後苦く飲みほす吾は死刑囚

縄跳びの音は響きて物淋し死囚《しゅう》の運動独り分の時間

もう土を踏む事も無き死囚《ひと》になり領置品よりスニーカーを捨つる

今朝もまた身の重さだけ小鳥《とり》達は囀り鳴きて獄庭《にわ》より去りぬ

入浴に火照る裸体を独房の床に横たへ死後を想ひぬ

殺めたる人の無念の深かりし応へる術の一つとて無し

物想へば胸の闇よりあふれ出すあの夏の日の被害者の声

命乞ひしをみなを殺せし我は鬼悲しきものぞ悔の果てなし

我が罪は神も赦さず骨となり監獄の墓に独り最後も独り

死囚の我に規則設けて来し手紙出所時交付と告げられにけり

緊張の朝過ぎ去りて独房にやっと鴉の騒げるを聞く

常に無き事の一つもありし日は明日の処殺を疑えぬ小心

暖色は死刑囚より消へ去りて群青色の一色になる胸

外の面より聞こへて来たる盆の唄獄中独り手拍子をとりをり

和太鼓の音量豊かに流れ来る獄塀一枚外は盆踊りの街

訪ね来る人のとだへて刑死待つ午後に穴開く靴下を繕ふ

瞳《め》を喰われ腸《わた》も喰われし鳥葬はいいかも知れぬ獄中の墓より

汝は聞けり我が若き日の夢などを死刑囚なれども獣医と答へり

贖罪てふ都合のいと良き言葉あり馴々しげな甘き言葉よ
最後かも知れない夜に抱かれて「人」に逢ひたし「人」に逢ひたし
夕暮れの鴉はいつも群れなしてこの獄舎より南に帰へれり
この星の裏側にある大地には違ふわたしが居そうな気がする
ほつれつつ茶より昇りし湯気の中殺めし人の恨み言漂ふ
誰れ彼れの背中恋しき獄中に夏の衣類を秋物に替へいて

刑死にて果つる命と知りつつも入浴もする爪切りもする

届き手の無き手紙書き捨て続け今朝一千五百通目の侮破りけり

独房に足りぬ酸素がある如く言葉に飢へて我壊われゆく

忘却の叶わぬ罪ゆえ狂ひゆくか死囚となりて独り言の多し

一審で果つると決めしが再審に命を託すは浅ましきかも

あらん限りに彌生の風を吸ひにけりこれが最後の春かもしれなひ

あれ程に忌嫌ひしが恋しかり満員電車の人・人・人波

獄中にこぼれ入り来る夏の日の冷めたしと思ふ痛しとも思ふ

独房は冷めたき四角に出来をりて西洋便器の丸さぬくとし

今日をまた生き残こりたる悲しみが胸に湧き来る布団のべつつ

職員に用事無けれど報知器を押して「人」居る事を確かむる日

詫びし事は黙せる事と悟りいて我が身もちいて贖う日までは

諍かへばお前の刑は我がすると言ひたる看守転勤したりぬ

たなごころの握りを開く闇の中何かが去れり死囚の部屋より

声を枯らし我が罪業を詫びたき日獄舎は重き静けさにあり

獄中に種を蒔かれて咲きし花よ死刑囚に愛でらるるを知らずも

瞳《め》の光り少こしづつ消ゆ我が顔をみつめて剃りぬ不精髭わづか

夏の陽の届かぬ獄のゼラニウムに寄り来る蝶の一匹に成りたし

選別のごみを手に取り紙にプラ我にかなわぬリサイクル法

刑場の見取り図の載るパンフ来る叫けび立つ如音立てて破りぬ

去りし日まで身の廻わりのものかたづけて母に残こそふ短かき一詩を

一条の煙りとなりて去る時はわずかばかりの雨降ればよし

自死自爆命を賭するものあらば我れにも生きる時の生まるを

夜に覚めてわづかなる水飲み干せば奪ひし命の乾き生まるる

蒲公英の綿毛の玉よ刑庭より塀越へてゆけ世の土手に咲け

悲しみに続きがありて限り無し死囚がもてる二十五時てふ時を

淋しさは一人分だけ抱きいて数多の恨み死刑囚は負ふ

処殺受け骨にされても監獄を出でるまでつく番号の白札

老ひて歯の欠ければ鳴らぬ口笛を我は吹きをりボブディランの風音

獄中に三千余人住みしてふ我れに一人の話し相手の無けれど

変哲の無き監獄に雷の来てあれや嬉し連打連打最後の停電

「人として」最後に見たる護送車の窓に東京雑然としていたり

寂しさが堰《せき》を破りて走り来る時のありけり悔の谷間を

我が身より出でゆく冬の音ありぬ胸中に響くもがり笛のやうな悔

我が息の出る透間の無き独房に酸素は堅き塊まりにてあり

紫陽花の毬に隠れし者の居しといつも思へり死刑囚となりて

二〇一〇年　「秘悲」三六五首より

噂事に次は我れだと言われけり人の処殺のありし次の日

日々打てる合図の壁に返事無しそうか今日より君も死刑囚

産まれ来し馴じみの土地をはばかりて獄中に移つす住民票を

死刑囚《われ》に再会の叶わぬを知れど無期刑の妻へジョンが唄ひし

グロー・オールド・ウィズ・ミーと書く

「まだ生きていておくれよ」と八十歳《はちじゅう》の認知症の母我を忘すれず

誰れ彼と壁に浮き来る人と語る独房に九年我れ狂わねど

罪に怯へ真夜に覚むれば独房の隅より遠のく足音のあり

永遠といふ字は暗き深さあり赦さるる事無き朝な朝なや

被害者の絶望せし瞬間《とき》想ひやれば今独房に生きるも愧《は》ずる

獄に出る魚はどれも顔の無く久しき悲しみ田づくりの目

幾年も海を見ていぬ獄中に潮の香恋ひて鯖缶を切る

死刑囚に接する心得あるらしく看守笑へど瞳冷めたし

無縁者として葬らるる我が末《すへ》はやはり蒼穹《そら》無き監獄の墓地

翳《かげ》〔ママ〕の持たぬ囚人に似て蜩《ひぐらし》は秘・秘・秘・秘と鳴く

悲・悲・悲・悲とも鳴く

この棟の地下にありてふ刑場の暗臭登り来この独房《へや》にまで

刑場の夢を幾たび見たれども白き縄目に目覚むる夜のあり

死刑囚なるがゆえに「小さな奉仕の会」より菓子の貰へる年末の悲しみ

世には無き色柄合いのゴム草履《ぞうり》素足乗すれば獄中の寒かり

獄中で求めるものはわずかなり遺族の前へひざまずける場所《とき》

言葉にて文字にて謝罪尽くしへず足りぬを埋むる暗闇の沈黙

あきつ飛ぶ秋の澄みいる空に魂を放ちてやりぬひとときの恍惚

我が痛恨《いたみ》知るが如くにとどまれる葛飾小菅の夏の夕雲

贖ひに使ふ勇気の無きままに請願作業の金銭《かね》溜まりゆく

風速計の南を指して動かざり炎暑の処殺に獄舎かげらふ

隣房の幽けし声の念仏は風にとぎれて尚に幽けし

再審を拒みて逝きし君よりの送られ来たる六法《ほ》全書《ん》の重かり

射し来たる机上の夕陽溶け染むる聖書の文字は小さく小さく

取調べ受けし窓より見し下駄屋女主人の老女なりてふ

処殺されし人の姿影《かげ》ある独房に赤き消臭玉の吊るされてあり

いつ帰るいつ帰って来ると会ふ度に母の言ひけり認知症かかへて

あざわらふ如くに今朝も腹の鳴る「めし」待つ時の悔のゆらげり

獄中に内職を得て折る紙袋《ふくろ》世の買物に使われるは嬉し

罪を悔ひて泣きて叫べば罰されむ虚静を強ひたる獄中の慟哭

何事も語らず君は去り逝けり看守に囲まれ一度振り向く

今朝居りし処殺されたる友の部屋夕べに灯《ひ》の無きを確かめる淋しさ

生きし証しをはぎとる如く刑死者の荷を土足にて独房より出しをり

日の流れ時の刻みの無い独房《へや》に澄みいる心の持ちたしと願ふ

狂わねば罪の深さに壊われゆくもはや月日の意味さえも無し

命持ちて罪贖へば赦されるを信じて今日も静かに生きをり

裸眼にてはもはや読めなき聖書の字獄中十年新しい老ひ

生きをれば謝罪の文はご遺族の胸に響かぬことを知りをり

風の無き暑つき真夏の又来れば蘇り来《く》る我が罪の原点

刑死待てど独房より見ゆる月まだ未練あるらし美しと想へて

満月はきしきしと音立て照りをれば独房に乾かぬ泪溜まりぬ

日に三度四度も洗へど落ちぬ手の被害者の血は今だ見へけり

崩れゆく心を癒すミサに居れど罪の痛さの増しゆくを知る

刑死者の苦悶の面《おもて》見ぬやうに看守の為に目隠しはあるてふ

過去にさへうずもれる事の赦されず目覚めれば満つ独房に後悔

月光に獄庭照れば浅ましくまだ逃げいたる我れの影あり

蒼天に恨み籠れる雲湧きて寒き瞳《め》ありて風の吹きくる

耐へかねて壊われ運ばる保護房を我は呼びをり慟哭の間と

我が「死」とは突然なれば揃へ置く遺髪に爪を入れし封筒

我が処殺近しと想ふ訳ありて深夜に遺書を綴りたる日

一陣の風走る時その音に誰れも気づかぬ我が獄中の悔

万華鏡の中に日々住む昏きに飽ひて庭の枯れゆく紫陽花を描く

さやさやと滾《たぎ》りくるもの獄にあり心崩るるにはまだ早やけれど

うすべりに横たふ如く独房の夜に眠り無き痛悔の冷え

ひと日暑りまたひと日暑るを重ねいて贖罪の尽きぬ今を生きをり

魂があれば我が身の内に来て恨め罵れ憎め悲しくも望むに

夕立ちの去りて彼方に虹の出て我に関わり無き七色の美くし

吐きし血を飲めるが如くめしを食む処殺知りても黙々と食む

独房に月の駱駝を隠しいて旅する時を静かに待ちをり

後悔は夜ごとに表情変へ来たる我に眠りの無き日続けり

苦悩てふ痛みを常に研《と》ぎをれど贖罪に繋がる悔をまだ得ず

「お前らは青き血を持つ生き物だ」我に唾した看守も居たり

慟哭の間と呼びをりし保護房は汗が匂へり血臭の籠れり

人の「顔」見るを忘すれて謝罪てふ命冷めゆく心壊われて

さしたるに動かぬ独房夜に一度掃けば命のほこり出にけり

或る記憶欠落始むるは怖そろしき悔の想ひに揺らぎなけれど

今日の悔拳《こぶし》かためて握りつぶすかそけき声に痛み走りぬ

噫《ああ》・この手・この瞳《め》で人を殺めしか夜の窓に映つる我が姿影《かげ》の暗し

生きたし・生きたし・生きたし蛾の屍の黒き一匹を見てより

致死量の悔があるなら人知れず詫びいる人に詫びて飲みたし

藪枯らしてふつる草の名も悲し我にも似たる響きたる命

問い掛ける相手のいない独房に極限がある悔も悲しみも

再審に生きていていいのか自問する三度も死せと告げられてより

後悔を覚へし日より失なへる夢に希望と生きている命

瞳《め》に光《て》りの無き人多き独房に我も染まりて死刑囚と「なる」

生きたしと言ひたる如く日の下に出でれば我の影濃く立てり

命ある時より追われ独り居て手ばかりを見る人あやめたる手

瞳《め》に光《て》りのありし昔のフォトを見る殺人者で無き悲しまでの笑み

忍び来る群れなす足音する刻《とき》の前より必ず覚むる性《さが》つく

自死想ふ寒き誘惑時にありて打ち消すために歌の生まれ来

いつありても不思議無き我が処殺洗ひざらしの下着取り置く

我が乗りし小学校のぶらんこに母は時々乗りにゆくてふ

情熱を燃やす糧無き独房に瞳《め》が死んでゆく姿影《かげ》の消へゆく

獄中に「十年」老ひの寄り来たる人殺めたる手のひらの皺

硝子より脆き心を隠し持ち生きねばならぬ処殺来るまで

二〇一一年　「龍の玉子」三六五首より

感情は口より目より耳よりもぼそりと零れ死刑囚は病む

万余もの亡くなりし震災を天罰とのたまふ知事は死刑存置者

忘却を望み生きけれど染み付きし殺人者の血身に流れけむ

無期刑を務めし君に心置き書きて送りぬ死刑囚の身として

我が仲間一人去りし夜更けるまで獄窓《まど》拭きをれど消へぬ悲しみ

改悛も矯正も不能と言われたる判決書面日に一度読む

交流のとぼしき我を気づかひて「巨人負けたぞ」と語り来る看守

大地震《ない》の独房《へや》に閉ざされあきらめの瞳《め》で追ふ壁に亀裂走りぬ

熱き夜の籠る独房《へや》より君は出で二度サンダルを履き直し逝き

如月の真夜に覚めゐて吹雪ける獄窓《まど》を我は見てをり隣房も見るらし

遺書さへも拒みて逝きし若人の部屋の私物の余品少なし

・・・・・、この懊悩の叫けび届け言葉無けれど熱き魂魄

極秘裡に進められゐし我が刑の起案書なるは薄すき紙てふ

悟り得たる如く生きゐし若き人の引き連れ出されし蒼き横顔

我を恨みてゆがめる顔が昼も夜もフラッシュバックの断片に浮く

綺麗事の精神論で刑を説《と》く看守は我の瞳《め》を見ずに説く

日に三度熱つき麦めしに腹を満たす埋まらぬ虚《うろ》の広きかかへて

胸の虚《うろ》埋めるすべ無き飢へしまま贖罪てふ枯野に今も彷徨ふ

支援者の優し言葉の一言に受くる傷あり独房《へや》の暗くて

シャガールが描きしピエロの如く我も独房《へや》で斜めに生きて久しき

我が短歌《うた》を評価されゐてたぎり来る喜びのあり悪しき評にも

陽炎は闇でこそ揺れ痛かりし友の独房《へや》よりサンダルの消ゆ

嗚呼窓の独房《へや》に小さし空遠し青きに白き飛行機がゆく

我が去りて時を経たれば幾たりの人の記憶に残こる命ぞ

独房に挿すコスモス哀し色なれば揺れを望みて窓を開きぬ

暫くは物珍らしさに我を友と呼びをりし人去りて久しき

溜め置きし書き損じたる紙玉を投げ興じゐて独房《へや》は昏れをり

君想ひて獄窓《まど》より放つ風船があれば悲しき赤色の欲し

贖罪に余生を掛けて生きをれど時に欲する青きビー玉

身を縒りてしぼり出したる溜息の闇に散り来る皓《しろ》き桜花

麦秋の畑を貫く道に似て死刑囚住める静かなる廊下

独房はジュラ紀の如き静けさで我を包みぬ蒼き断層

刑ありて獄窓《まど》に遠く遠く遠く流れゆく雲の一片悲し

透き間より望めば濃霧の走りゐて刑場の屋根避雷針光る

誰れも来るあての無き日の増え来ればば心錆びるを知り初むる午後

死刑囚は昨日忘れる事さへも罪重ねゆくことと想へり

生きたい・生きたい・生きたい・と叫ぶ死につつありし中の細胞

切り花を獄窓《まど》辺《べ》に出せば色冴へて花は語ると堅く信じる

我が命歌いて書けば滲みゆく墨のしめりに半紙反《そ》りゆく

獄窓《まど》に映つる裸体を見れば浮き出でし肋《あばら》の蒼し虫のごとくに

あらためて我が老ひ来たる手を見ればつかみし物無き殺人者の白き手

標本の如き番号で呼ばれしに悲しみの中怒り湧きくる

獄窓《まど》皎《しろ》くよぎる夜の雪絶望も希望も無き瞳《め》に映る空白

またひとつ身の内側に欠け落つる物音を聞く弥撒《みさ》を受けゐて

若き日の我れの夢など聞きに来る看守も居りてなごむ日のあり

知慧足らず愛することの足らず生き独房《へや》に腐《ふ》しゆく頭《づ》は少こしづつ

幼子が母に寄りそふ如く寄る拳《こぶし》が程の冬の独房《へや》の陽

我が帰り疑ひ持たず母はまだ古き背広を取りてあるらし

いつからか頭《づ》に棲みつきしきりぎりす音無き独房《へや》でほとほとに澄み鳴く

頭《づ》を軽く壁に打ちつけ続けいて友の刑死を受け入れる午後

古き蔵書借りゐて読めば裏書きに巣鴨プリズンの印字押しあり

どんぐりを十程拾ひ持ち来たる喜寿なる母の白き手の皺

糸を引くやうな売り声この獄に届く近さに焼き芋屋おり

領置金七十五円の時ありて人に便りも出せぬ悲しみ

職安も無き監獄で唯一の紙貼る職で切手買ひをり

寝る前に今日得た悔を積み置きぬ矯正不能と言われし身なれど

惜しまるる命ならねどこの独房《へや》に生きたるを記す暦消しゆき

爪切るも淋しきものよ独房に谺《こだ》ます刃音冴《さ》へて消へゆく

短歌《うた》にしか綴るすべなき我が一生《ひとよ》月に錆浮く鉄格子見て

想ひつくやりたきことを書き出してひとつづつ消す死刑囚の手で

久方にもの焼く煙りの匂ひ来て余白の如く広がりゆく午後

山川が幾重にあれど赦されば歩きても帰らむ古里といふ地に

狂ひたき時のこの頃増へ来たり我が顔になぞ黒子書きをり

今生の縁に繋がり生きていたし五厘がほどの虫でありても

生きていて生きていていいのかと重ね問ふ夜陽の落ちるたび日の登るたび

刑死あり蒼きに沈む独房《へや》に居てなにとはなしに生玉子割りたし

声掛ければ届ける距離に格子無き人の家あり笑ひ声して

吊られてもそれが天寿と想ひたし大罪を負ふ我が身なりしに

一椀の熱つき茶を手にかかへいて冷めゆくままに命想へり

この独房《へや》の高場に初日入り来れば便座に乗りて瞳《め》焼ける程見む

刑死無き御用納めの十時過ぎ我が吐く息の音に気づけり

きさらぎの冷へし便座に座わりゐて獄窓《まど》より眺むる夜の首都高速

かまぼこが蒲鉾の味してだてまきが伊達巻きの味する元旦の悲しも

恐龍の血の一滴が流れゐて死刑囚の我世に生きをりぬ

今朝ふひに悔は破れて乱れたる思考の中の我が叫べり

「殺される」事の無き日の元旦に初湯をもらふすみずみまで洗ふ

明日に咲く花の命の待てぬ身に朝顔のつるわずか伸びをり

眠りいる身の内に悲し覚めいたる我が分身は看守の咳聞く

血底より汲み来し如き珈琲の黒きにむせて死者を想へり

背を走る無言の汗を感じつつ言ひたき事を耐へて黙せり

「殺人者」「鬼畜」と言われ十余年言ひ訳も無く人語薄らぐ

獄中にスクラップの如く生きをれば時々崩れる音の聴こゆる

我れもまた悟り無きまま逝きしかも罪に追ひつく悔の無ければ

空の無き窓に寄りゆき鉄格子「泪」湧くまで今朝も見つむる

ほぼ歩くことの無き日の牢獄に足裏の皮はうすくなりけり

隙あれば常に狂気の住みつきぬ罪の重さに耐へきれぬ日あり

今日割と多く歩ゆめり独房に七十五歩の用事ありけり

独り永く人の言葉の薄れきて人語にあらぬ音に生きをり

獄中の朝に死あれば耳冴へて軍用ヘリの羽音重たし

次の世の我れの背を見し如く咲く獄窓《まど》の仙人掌一輪の静寂

終電の去れどしばらく耐へをれば今日も孤独をなぐさめる貨車くる

地の果てが扉の外に広がりぬ独房《へや》を貫く廊下なれども

獄殺のある度必ず失なへる言葉ありにて独語増へけり

病まずをれど今生の世の限りを想ひて貴重なる冬の陽射し愛しみぬ

消しゴムで造くりし三つの骰子で運など獄に占へば風吹く

三万余自殺者今年もありしてふ死刑囚として生きをるが恥ずかし

常に無き星の一つも出でをれば悪しきを想ふ死刑囚なれば

明日の今我は生きいてこの独房《へや》に居るのだろうか人を想ひて

一メートル六十五センチ四十六キロ身のすみずみまでが死罪の細胞

秘めやかにこの独房で育ちゆく龍の玉子に似たる孤独よ

初挫折覚へし頃の透明な森山良子を独房で聞く

崩れゆく我が心音が独房《へや》に満つヴァレリーの詩に発狂を抑へて

放射能ありてふ空と言ひしもが独房《へや》より出れば甘くかほれり

獄に病めば医務所にゆきて染まりゆくクレゾールの匂ひに死後を想へり

震災に命落とせし零歳児よ我が定まりし命に代へたし

怒りより友の刑死は淋しかり今朝まであありし草履消へゐて

逆光に刑吏は立ちて瞳《め》の暗きを消して立哨をす刑死ありし日

馴染み無き漢詩の如く一定に並ぶ独房の寒き距離感

刑死せる人の想ひのまだ満ちゐたる独房《へや》に吊られし赤き消臭剤玉《けしだま》

遠眼鏡あれば獄舎の屋根にゆき世の人影を恋ひて眺めむ

再審も恩赦も拒みて逝きし君が勧めし再審に生きをる夏の日

二〇一二年　「元旦の雑煮」六三四首より

独房の暗きに棲みて目を病めば暑つき西日に幽霊の立つ

刑死無き年の暮れ明け走り去りぬ四日の朝は早や冷への来る

また来たる異空間よりをみなひとり独房《へや》を歩けりさわりさわりと

頑張れと言われてつらし我が身ならむ吐息の中で生きてゐたれば

貧乏に育ちし性か不評なる獄食全て喜びもて食ふ

「あなたまだジャズが今でも好きですか」妻書き来たり獄中結婚記念日《けっこんきねんび》

無期刑を務めし妻が書きて来ぬ「わたしも多分獄中死です」と

極みゆく独房《へや》の蒼める静けさに喧騒恋ひて窓開け放つ

再審を拒みて逝きし友が呉れし六法を引き再審書認む

万緑の木立を獄窓《まど》に寄り見れば被告の乗りし護送車の行く

この独房《へや》に記憶の消へし時ありて狂ふてふこと始まりてゐし

看守の瞳《め》盗みて独房《へや》に持ち込みぬ鉢の土塊ひと日嗅ぎをり

刑死ありてこの独房に三日程籠りて書きぬへのへのもへじを

夜の雷の止まぬ遠鳴り聞きゐつつ君を想へり無期も寒かろ

確定に決まりし日より亡者の如くずだらずだらと歩く癖つく

今日も生きた何も為さずに今日も生きた死刑囚とはそんなものかも

死刑囚となりて絶へたる感情の中に耳目の冴《さ》へゆくはかなし

狂ひきりても身から離れぬ罪ならむ過去で成り立つ痺《しび》れゆく瞳《め》の奥

官本の地図を借り来て古里の駅舎辿りぬ嵐めく日に

獄中に聴く風音の悲しけれ独り爪切る音を愛《を》しみぬ

勇気てふ熱つき望みの無き独房《へや》で磨きてをりぬ如月の便器

牢永ければ欠けたる歯にて食めぬ林檎磨きて磨きてそして捨てなむ

山菜の佃煮出れば病む程に独房《へや》で恋ひぬく遠ほき古里

この獄で歌ひつぐれば執行の早やき事あると言われ悩めり

日記《にき》書けば綴りの中に未練見ゆ恥じて止めたり確定し日より

刑無き日格子を見つつ独り想ふ春が来たなら靴を買ほふと

書く事の辛らき日ありて鉛筆の芯折りて削るそしてまた折る

蜩の鳴かばこそ蹴る牢獄の扉一枚何かよ変われ

るるらむるるらむるらむらむ綿雪降るを夜の獄窓《まど》に聴く

殺めたる女《ひと》の恨みは燃へ猛て夜中の独房《へや》を歩き続けむ

黙々と怒りを運ぶ如き歩で浴場にゆく無実てふ老囚

獄中に出でし食事の磯のりの地名悲しや里の名のあり

生き生きと隊列を組み刑期ある受刑者がゆく黄砂降る中

電灯の消へぬ灯《ひ》を消しこの独房《へや》で燐寸《マチ》一本の柔わき火の欲し

時として悔紡ぎゐる忍耐の切れし刻あり鮮明な記憶に

眇めたる瞳を持ちて我を見ゆく刑死ありし日の看守多かり

書き綴りたる謝罪の文の便箋の十七冊目捨てる年の瀬

この独房《へや》の畳の上をたわむれに泳ぎてみたり夏の休日

学歴の無きを悲しと想へし日算数国語習ひ始むる

思ひきり放れるボール一つ欲し夢書きつらね獄外《そと》に放らむ

月の裏にまだ見ぬ人が居る如く獄窓《まど》より見れば声の降り来る

独房の壁を這いずる我が未練蟲の如くに影曳きてをり

職員にも我にもありぬ禁句ひとつ「あしたの朝にすればいいかな」

放浪の果てに終《つ》きたる独房にもはや道問ふこともなかりし

饑ゑ多き幼き頃の思ひでの悲しきまでの老ひの食ひ意地

我が姿見れば銭かと嫌われし昔の友も深く懐つかし

獄中に永く生きれば深海の魚にも似たる肌の蒼白《しろ》さよ

日も月も星も要らない淋しき刻独り擦りたし燐寸《マチ》一本の火

詠わねば胸少こしづつ壊われゆく案山子書きゐる綴りの端に

夢に似し想ひのひとつ無期の妻へ出所の朝にくちづけを贈りたし

夜の来て眠り終へれば朝の来るあたりまへだが朝こそが疎まし

我が刑を忘すれし母の認知症神の救ひと想ひて会ひをり

一日に二度配らるる獄中の手紙無き日は古きを読めり

職員に詩人とからかわれし淋しき時未練事ですと飾らずに言ふ

歌書けば知恵の不足の悲しさよ我流は淋し文字の細さよ

死の近き予兆か懺悔重ねし夜去年《こぞ》の春より頭《づ》に虫の棲む

裁判の記録の書紙も古びきて変色のすすむ手の染みの如く

開かぬ扉《と》と知りて五分も押しみたり汗したたらす夏の独房

天界の砂漠で妻を待ちゐなむ駱駝二頭を飼ひならしつつ

独房の狭きの中を這ひゐづる後悔が居る振り向けば居る

読み書きもならぬ初めの我が歌は「蕎が喰ひたい牢獄の午後」

確定を告ぐる命にて「気を付け・礼」唯々と従ひしは今に悔しき

懊悩の深きに生きて過てる絶望の静けさを悟りと想ひぬ

濁情の募りて看守を罵れば小さく言われたり「人殺しが」と

教誨を受けゐて悲し我が語る言葉の中は風ばかり棲む

放棄せし命にあれど愛しくも濃き執着を立冬に覚へる

座すことが生きる形になりてより立ち歩くこと無き日もありぬ

獄中に確定したるその夜より眠りは薄すき紫の水中《みなか》

この胸を食ひ破り出よ蝉時雨我が迷ひなどもはや枯れをり

会話無き日々重ね来て独房に餓死する如く言葉失ふ

聖書にさへ死刑定める章ありて雑念の湧く悪しき往生

いつからか逆立ち出来ぬ身となりて淋しさを忘ずるる術ひとつ減る

洗礼を受けしその日に嘲らるる極刑の身に神なぞ要らぬと

遺族等が「こいつら人間じゃない」と叫けぶ法廷のこゑ確定してこそ沁む

夜は夜で朝来る事を恐れゐて眠れぬままに心音を聴く

飲尿を続けて四年さほどまで未練なる身のつくづくと憂し

獄中の歌を半紙に書きをれば墨乾くまで懊悩の燃へたつ

我が記憶確かなる日に書き置かむ言ひ訳の無き遺書に綴りて

覚悟らしき想ひはあれど刑のあれば夕食の手の箸の震へり

「穀潰し」「人非人」よと罵りぬ定年で去りし刑吏も懐つかし

刑死無き朝にゆるめる気の張りの寝入る刻には暗く凍て染む

欠けし歯の口笛にあらぬ風擦れを独房に満たしぬ刑ありし一日

風向きによりて聞こゆる学童の声の光りが胸荒しゆく

母国語を奪われし如く言葉無き独房に聴く鍵音と靴音

死刑囚に回覧しくる新聞の岬巡りの旅の記事読む

我に来る死の訪ずれに取り置きぬ肌に通さぬ下着一式

眠る事無き精神の一点のありて隣《とな》房《り》の夜の咳を聞く

数億の我が細胞は生きむとす脳細胞が刑死思へど

暗闇は恨みに満ちし瞳《め》のありて眠り許さぬ湿り気のあり

ぬるむまで賜ひし白湯を両の手でつつむ大寒どこまでも独り

死刑囚なれば北地の地震《なゐ》の原発の終息の手のひとつになりたし

曳かれゆく日振り向く事の無きやふに心ある物捨て始めをり

未練多き性を悲しと思ひしが再審書面更けし夜に書く

日々に書く手紙はいつか遺書めきて短かくなりぬ感情も消へ

一年を刑無きままに迎へたる元旦の雑煮歯に暖かし

格子より見へし雀のわずかなる足の細さに泪零るる

便箋で造くりし軽き紙風船三日目にして没収にあふ

化けの皮剥がれる如き時ありて刑死恐るる夜は長かり

どこまでが被曝地なのか判からずに獄中で食ぶ初苺かな

贖ひの足りぬ我が身に怒り湧き老ひの足にて壁蹴りてみる

続き来ぬ明日を待ちゐて今日をしのぐこの独房で幻に生く

二〇一三年　「紫色《ししょく》の息」五五五首より

監獄に居てこそ恋し古里の山々が浮く我が手のひらに

ことほぎの曲の流るる正月の独房《へや》で綴りぬ新らしき遺書

晴れ渡れど晴れ渡れども夏は動かず友の刑死に蝉は時雨れて

運などで刑死があるとは思わねどひと日鉛筆転がす占《うらな》い

夜の獄窓《まど》に照り映つりゐる我が瞳《め》より絶へず流るる泪は黒し

冬監の夜の凩を飼ひ馴すヒュルリリリリと胸の奥にて

他者の瞳《め》で見るやふにして紙を貼る独房《へや》の我を見「齢取ったなあ」

盛り場を彷徨ふ彼の日懐つかしく独房《へや》に籠りてジャズを舐めをり

平静を常に装ふ愚かしさ知りゐていれば夜に瞳《め》を開けり

希望無き死刑囚の身に配らるる食事アンケート真剣に悩めり

後悔の強き日ありて耐へきれず狂《ふ》れたる如く打ち倒れみる

この頃は心崩れる音に馴れ驚かぬ夜に文字忘れゆく

耳鼻目に口中より血を流しゐる末の夢見し獄蒲寒かり

後悔はもはや大海の波に似て波打てり波打てり昼夜絶へ無く

贖罪を求めぬ国に腑抜けたる姿は絶対見せてなるかと

ふと思へばまたも想へり我が死後を万葉集を読みていつつも

もふ駄目だ！もふ駄目だ！とつぶやきて刑場へ消へたり若き隣人

独房に句読点を打つ如くロケット花火聞きつつ「遺書」書く

刑場の地には傾斜のありしてふ我等の残滓流さんがため

何もせず消へゆくことに憧がれむ死刑囚の身に疲かれ果てれば

断面の刻の中にて生きをれば贖罪の震へ夜にふゐに来る

音のして今壊われたる昏の端の引きつれ黙独の燃へ滓

影も無き海市の如き独房《へや》に居てひと日我が手の相など見をり

今朝逝きし刑者の独房《へや》に届き来ぬ購入品の白き食パン

温き血を止め殺めたる我が両手切り捨てたき刻暑つき夏の日

我が罪非訥々打つ夜の雨の音に慈悲無し償ひも浮かばず

まだ少こし生きているらし我が命看守に怒り覚ゆる時あり

あと何度夏を迎へて越せるだろふ窓無き独房《へや》に響く花火よ

また今夜幻の手につかまれて刑場にゆく寒き夢見る

処刑死のありし日の夜にこの独房《へや》で音を立てずにうどんをすする

刑場のありし刑務所原発の数も知らずに無知に生きたり

刑場で殺されるなら放射能浴びて廃炉の石に成りたし

判決文句読点まで暗記して人にはあらぬ今日を苦しむ

誰も来るな今日一日は誰も来るな悔に痺れる顔のゆがむ日

古りし日に流行りし唄の流れ来て加藤登紀子が歌手だと思ふ

十二色《とにゐろ》の鉛筆全て塗り立てて狂《ふ》れ色にする半紙愛せり

仏典も聖書も身には重かりし読まぬ日の増へ悔に埋もるる

看守には独りも居ない青春を謳歌す熱き茶髪にピアス

我が悔の猛りて打てり膝頭三日程経ちて青あざの浮く

美しく骨を残こして季節魚を一尾丸ごと食べたき日あり

逃げ場無き心の中の後悔を焦がす程焼く房灯の下

狂《ふ》れてより紫色《ししょく》の息を吐く日々の屍の如く独房で生く

贖罪を渇望すれど誰れも我れの矯正などは望まぬ日を生く

人の手の温くみ忘すれて悲しくも想ひ出しつつ我が手組みてみぬ

自己欺瞞否定する程力無く我が贖罪に迷《まよ》ひまた湧く

身受人無き我が死後の始末など希望書に書く形式は無けれど

遺言を聞く間は無いと遠く聞く執行なれば遺書を綴らむ

執行てふ贖罪に身を滅っすれど骨になりても独りの暗闇

今朝もまた生きる理由を探がさねば償ふてふ重さ背負ふに耐へず

もの想ひに耽りたる如き姿して獄庭《にわ》の枯葉の道歩きたし

執行のありしひと日の刑吏の目眼孔深く光りなき洞《ほら》

独房より出歩くことの無き身なれど石鹸箱のベルマーク溜めをり

穴倉　穴倉　奥の穴倉　「道無き」先の刑場の凝縮の寂

我慢する術無き夜はひたすらに静かに壁に頭《づ》を打ちつける

遺書綴る如く夜に降る牡丹雪一文字一文字火の如く燃ゆ

嗚呼嗚呼嗚呼言葉が燃えて枯れてゆく死刑囚として生き初めたれば

我が罪は喰い尽くされし如見えれど種の残これる林檎なるかな

我が末の身は風塵に滅すれど後悔は啼くいつまでも啼く

永遠てふ遠さ初めて覚へたり屍となりて尚にある贖罪

取っ手なき扉を小さく叩きみる誰れか応える気がする土曜日

履く度に死の冷めたさと思い知るゴムの草履は四季に暗かり

火の海に寝る如き夜の苦痛ありて懺悔に覚めて棄却書を読む

外にしか取手無き扉の中に居て三畳に棲む物の化〔ママ〕と成り果て

幾万余地から湧き出づ白き手にまた引き摺られ後悔に浮く夜

贖罪ぞ、贖罪ぞと我が歌に込め狂《ふ》れ初むる今朝また一首湧く

高層の獄窓《まど》を拭きゆく職人はリズムを取りてロープ降り消ゆ

檻からは手は外《と》に出せぬ悲しさよ四月の雨をことに受けたし

飲めぬ酒食えない料理住めぬ家独房《へや》で見ている新聞の広告

獄中に四季を重ねて覚へたる水の匂ひの霧　霜　雪　雨

嗚呼これが贖罪なのかまた夢で我が刑死後を我で見たりぬ

人の死が人事なりし愚かなる遠き日を知る今朝の処刑に

冥界の如き暗さの独房《へや》に居て湯圧に鳴れるポットを殺せり

身の内に狂《ふ》れて落ちゆく音のまた独房《へや》に響ける真夜の静けさ

寛ぎに縁無き囚の身なれどもたまに着てみる夏の甚平

刑死無き正月三日の配食の刑吏の声の人の明るさ

狂《ふ》れ果てれば我が解放のありしかも桎梏〔ママ〕の闇を真に恋ひをり

沖縄を知らず日本に暮らし居て終戦記念日疑わずゐし

刑場へ引かれゆく目と合ひし日の記憶はあれど思考死にをり

都合よき悔のみ語りて真実が死んでゆくのを今日も恥をり

灼熱の如き燃へゐる我が悔を聞きくれる人永遠《とわ》に無きかも

熱つき汁熱〔ママ〕き麦めし喰ひ終へて突然に来る我が絶命は

寸秒の先に潜みし処刑ふと思ふ舌になじまぬ日々の朝食

日の射さぬ独房に閉ざされ崩れゆく熟柿の如き短歌《うた》の増へゆく

我が骨は焼灰にして撒かれたし故郷流るる北上川に

耳が狂《ふ》れ瞳《め》が狂れ手足脳が狂れ爪ばかり伸ぶ髭ばかり伸ぶ

発狂に近き努力の悔積めど誰れも望まぬ我が矯正など

誰ぞ歌ふ知床旅情気がつかば独房《へや》の隅にて我が唄へり

絞首にて逝きし仲間に酌む酒も送る灯も無き独房は寒し

今日風呂があったよ西瓜が出ましたよ貴殿が執行された夏の日

渾身の力使ひて死ぬといふ我の刑死の姿想ふ夜

朝に死を受け入れいたに未練湧く未読のチェーホフ深夜まで読む

紙貼りてふ確定の身に職を得て少こし生きてる息を感じる

肚からの響きある悔叫びたし細き鋭い声を嗄して

他人には見へぬ我が手の血塗られし罪業の手焼き捨てたき午後

罵りの調書を読めば身を裂かれむそれでもなつかし遺族の居し法廷

夏の汗背に流しつつ貼る紙に少こし誇らし我が労働歌

一枚の執行指揮書届き来ればこの歯刷子も遺品とならむ

二〇一四年　「八百万の神々に」八〇〇首より

獄中に籍を移つして本物の死刑囚に成る命秋風

熱を病み目覚めし夜半のこの独房《へや》の闇の奥こそ被害者の瞳《め》の浮く

袴田氏の釈放聞きし熱き夜に眠り来ぬ中腕立てひとりす

タブレット・スマホ・アプリと知らぬ世や私齢を取り過ぎました

文字に翳揺るるを見つつ綴る短歌《うた》悔柔らがぬ日々に生きつつも

我が短歌《うた》は人の不幸の翳集め成せると思う悲しく思う

字で書けば影さえ射さぬ言語障害暗房に独り吃音に悩めり

ひとつひとつの鼓動悲しき動きにて十余数年殺人者として生き

次は我れ次は我れだと疑わず喉乾く朝今朝も迎えり

執行後命無きまま五分程吊られし刻に魂は泣くらし

書に飢えて会話に飢えて独房《へや》で狂れ蚕の如く細き歌詠む

生きている生きているんだとつぶやきて真夜に音無く腕立てをする

執行の続く日窓より空に瞳据へむ太陽に瘡蓋月にかさぶた

獄舎にて覚えし文字で書く歌が生きた証しぞ短歌《うた》と成らずも

土に還れず水にもなれぬ執行後寂しきとも想ふ安静とも想ふ

知らぬ間に刻は過ぎ去り十余年独房《へや》の狭さを愛する時あり

無作為に辞書を開きて紙魚の如文字漁りゆく贖罪に疲れて

闇の湧く胸を持ちいる虚しさよ人の言葉の響かぬ身に堕ち

獄舎とは知らず宿れる鳩の居て霙るる中の細き足紅し

後悔は泪で埋まらぬ事を知り虚惨に枯るる胸は風の巣

罪ゆえに廃棄されたる命にも西瓜出でたり悲しき甘さ

追憶は持たぬと決めしが古里の麦燃ゆる道脳裏貫く

この独房《へや》に生きし証しを残こし得ずクリーム色の壁塊をにらめり

未決時に数多貰ひし手紙捨てむ「人殺しは死ね」の一通を残こして

独房の孤独は赤き炎《ひ》の色よ誰も寄せつけぬ円心の真中よ

若き日の働らく姿まざまざと夢に見し夜や寂し還暦

殺せども殺せども増ゆ死刑囚抑止力無き死刑持つ国

酔ふ如く殺めし人の定まらぬ顔幾重にも揺れる夜長し

懐つかしき思い出さえも減りてきて独房《へや》で瞳《め》を閉じ探がすいらだち

生きし日の最後のひと日樹の下に白き椅子置き風を聴きたし

獄房に寂しく響く終電の音十余年馴れぬが悲し

我れが居てこそ生きる独房《へや》なると風呂より帰る度に思へり

風過ぐる道無きドヤに宿を借り靴抱いて寝た遠き若き日

友よ友よ善き我が友人よ我が刑死日には泣かないでくれ

東北の地震《ない》を語らず東京の五輪になにが始まるといふ

精神を病むより刑死来るまでは重労働に疲かれてみたし

我等が死望みて止まぬ記事ありてみかんむく手の止まる正月

正月の悔の慎しみゆらぎけりいかの塩辛すこし美味かり

罪悪の想い極まり夜に花の水を替えたり泪零れむ

夕照の冷めゆくは早やし言葉無き独房《へや》より窓見る光り消ゆまで

失語症得るは愛しも虚になりて独房《へや》壁に射す没日に溶けなむ

健康な五臟六腑も執行で平均十四分我は死ぬらし

執行があすの身かも知れぬ我を根よく治しくれし優しき歯医者

力強く息吸ふことも忘すれゐて独房《へや》でかかえる膝頭硬し

どう生きればどう生きればいいのかも判からぬ日のあり雨の音聴き

二〇一五年　「静かなる汗」四四四首より

苦悩にも生まるるメロディーあるを知る独房《へや》の便座で聴く夜の雨

執行を日々に想えば人よりも齢取ることの早やきに驚く

謝罪文出せば再び傷付ける遺族恐れて書きて破りぬ

透き間風音を辿れば我が裡の背より出でけむ独房《へや》より寒し

複数の人とはもはや住めぬ身に昏き想いを独房《へや》に抱き寝る

執行されし朝我が身に一筋の赦し来るのか本当に来るのか

寂しき日必ず湧けるこの独房《へや》に一度ゆきたる能登の海鳴り

執行をいつ言われても不思議なき確定年数重ねて寒し

忘却を望みてやまぬ弱さゆえ判決書面日に一度読む

憎まるる為にだけ生く身にあらば不意の泪の理由《わけ》を糺さず

何故に泪にゆがむ新聞の天気予報の気圧配置図

「母はまだ昔の家に住んでます　早く帰れ」と短かき葉書来

青色はひもじき日々の空の色今監獄の窓に愛しも

閉ざされた壁の厚さに手を置きて熱きと思う冬の独房

逝く時は人手を借りず歩ゆめしか林檎食みつつ心配の深めり

執行の来るまで我はなにゆへに歩いていしか三畳の牢内

寂しさの殻を破れぬまま生きている夜が続く言葉が欲しい

人恋えば人そのものを殺したる我が手瞳に涸れて浮き照る

明日ある執行かもと思いつつ重労働なる寝るということ

終わり無き悔を積みたる独房で心病む程疲れ覚えむ

夢なれどこの獄中に幾度も我は死にたり執行の場に

息詰まる程の恐怖がまだありぬ人の処刑の連行を見し朝

飢え死の無き獄中に恥じて生きむ執行だけが贖罪と信じて

心まで死刑囚と成り果ててもの想うこと少くなくなりぬ

なにげなく髪を刈りしが幸せの残こり逃げゆく鏡見てゐる

執行の覚悟しつつもふと我に返りて窓の汚ごれ気になる

極刑の身にありながら刻に想う我も生きつつ何か成さむと

独房《へや》の壁小さく打てば打ち返る隣りも淋しき死刑囚居り

本当は明るい文字の歌が好きシャンソンみたいに悲しく明るい

二〇一六年　「蒼きオブジェ」五七五首より

何もかも飛ばして北風《かぜ》は吹きをれど我が重き過去小揺るぎもせず

輝やきてみたき日ありてスーツ着ぬ独房《へや》の狭きを歩くためだけ

鉄格子、金網、鉄扉、割れぬ窓独房《へや》に届かぬ透明の風

もふ駄目だ生きていたって来る刑死壁が鳴り出す扉歪めり

独房の動かぬ厚き壁蹴れば尾骨に重く返り来る音響《をと》

絞首刑受けるその時折れるてふ喉仏の骨つい触れてをり

溜息は一夜で満ちる独房は海より蒼し私は海月

海月より軽くなりたひ海月よりこの独房《へや》は海波の無き果て

遠ざかる雷鳴の中独房に私は残こる私は残こる

引き人の来たりと思ひ扉《と》に立てば隣りの房の窖と軋みぬ

土にさえ還れぬ身なれど惜しみなく処刑日までは紙を貼りなむ

黄昏の落ち際に生き贖ひの何かを今もまだ探がしをり
想ふ事止めたる日より去来する殺めた女《ひと》の流血したる瞳《め》
処刑後も極悪人と呼ばるるは仕方無けれど悲しきことよ
あと少こし力を持てばあと少こし生きられるかも知れない毎日
淋しさを隣りの囚に分けやりぬ壁を静かに三点打てり
吊り終へて罪の全てが消滅すそうは想えぬ淋しき処刑

朝に死を恐それて夜に安き死を願ふ獄舎の闇は深かり

刑場の無き横浜の獄舎より見へし街の灯今も懐つかし

人として、人として、人として、人として死刑囚を生く動く心臓

我は今風より柔く色も無く幻に生く軟体動物

情熱も熱望も無く殺さるるその「時」を待つ今朝が続きぬ

如何程に凍て冷えれども顔出して寝よといふ指示今日も無視せり

今朝ありし処刑を払ふ如走る黄砂降る中四角い走り場

久方に葱の香りのみそ汁を覚えし朝に君は逝きたり

我が罪に時効無きまま刻々と過ぎゆく中に狂ひつつ生く

消化せぬ過去想ひつつ如月の臓腑を洗ふ水を飲みけり

律義なる蜘蛛の降り来て糸をまとめまた登りゆく独房《へや》暗さ増す

刑場へ自分の意志で歩きゆく悔を尽くした日で終りたし

いつからかこの独房《へや》さへもいとほしむ朝の処刑時過ぎる度ごと

雨降れど傘の重さを手は忘すれ濡れるまま佇《た》つ十五年目の獄

執行の後に眠れる安置所のそこも窓無き独房《へや》の塊り

執行後もう立つことがないといふことを想いて獄窓に佇《た》ちをり

闇に籠る術覚えれば尚更にタールの如き黒き歌浮く

革命戦もし起きたれば老ひの身の手にぞ握らむ人間の「旗」

朝日には馴染めぬ身なり落ちゆく陽好む癖つき疲れほぐれり

折り上げし折鶴開き息を入れむその一瞬の胸暖かし

少こしづつ濁りてゆきて今見える物消ゆるてふ執行後の瞳

短かくも肩書きありぬ「死刑囚」消ゆること無く延々と続きぬ

生きている理由無きまま独房に今日着る服を並べ悩めり

母に習ひ受けたテストの満点をカンニングと言われ学業を捨つ

我が罪の耐えがたき日の夜にありて「ある日」流れよ眼鏡洗へり

死にたい日生き残りたい日々死にたい日定めつかなるキャラメルを剥く

大地震《なゐ》にきれつ走れる壁なれど死刑囚棟扉《と》は固く閉じ

「きさまなど兄でも無いぞ出てゆけ」と言ひし弟が菓子差入れてゆく

骨揚げも知り人の無き身にあれば囚人墓地は暖かきものかも

フクシマに悪魔のやふな火を残こし誰れも気付かぬ振りする恐怖

力無き最底辺の死刑囚が静かに唄ふひとつ反戦歌を

二〇一七年　「真夜の密談」五五〇首より

何事も無き如隠し接っし来る看守の虚笑の中の執行日

静けさは塊って居る執行のされし空房翳の巣となり

もふ我れは齢取り過ぎてしまひしか埃りかぶりぬ喜怒哀楽に

音の無き執行されし人の独房《へや》まだ翳の佇つ雨の降る午後

ふと湧きし思想の端を語りたき刻に静かな独房に蚊が鳴く

一色に統一されしこの独房《へや》に身は透けてゆく病む心風

差入れの用紙に書かる続柄に「友」とありしは心強かり

鈴蘭のやふな呼鈴ひとつ欲し今訪ね来る人はあらねど

髪伸びし我が面影をバリカンが刈りゆきてまた死刑囚になる

息いつか盗まれし日の来る事を知りゐて朝は昏《く》らく明け来ぬ

ここまでが闇と想へどまだ深き昏らさ続けり死刑囚の刻泪

ここまでが闇と想へばこそ泪零してしまへり死刑囚に光《ひ》の無し

火のやふな悔の塊り小机に一個の林檎《りんご》置きて寝る冬

どの地にも馴染めず生きて悲しけり我が胸中はいつ想ひても冬

後悔は常に持てども淋しさは不意に湧き来る用意無き日に

音消えし真夜に荒川渡りゆく最終電車の塊りの悲しみ

無理解な獄則冊子読み流し自己流で生く死刑囚とて人

処刑後の我れの姿を想像す目刺の鰯ふひに思へり

現実に目前である引かれ場を三度見たりぬ瞳《め》を乾かして

世に居れば気ずかぬ雨の雫音独房《へや》に愛しく死を忘すれ聞く

死刑囚皆友と言ふ仲なれど誰れも素顔の中を知らなゐ

針金が弾けるかすかな音がして隣の君は連れてゆかれむ

絞首刑絶ゆる最後の一息は細い緑の音の無き息

殺人者なる身の刻の長さかな笑ふ事なき一年をまた終ふ

寒き朝幾度重ね来たれども我が順番を常に想へり

愛しかる人の家族を壊しゐて我が家族恋ふ赦しがたくも

裁判で我を罵る絶叫で我れの命は絶たれてをりぬ

我が病ひ治してくれむこの医師が立ち合ふのだろふか執行の時

人の瞳《め》を見て物話す事忘すれ「人といふもの」遠くなりにし

生きている言葉飛び交ふ医務室で処置を受けつつ泪零せり

丸桶の柩の如くかがまりて湯に浸りゐる如月の獄

今朝ありし処刑を聞きてふと我れは幽霊になる独房《へや》に火と飛ぶ

獄死せる友は共同墓地といふ空無き堂に先にゆきけり

希望少こし悲しみの中湧く日あり夢にて会えた若き母さん

淋しさも火の塊となる日ありひと日動かず座わり続けて

知り人の処刑に四日程食へず狂《ふ》れし如食ふ五日目のめし

独りとは一人と違ふ生傷の深き闇もつ風のしたたり

朝食の咀嚼の音の疎ましき生きる為なる行為にあらずば

処刑場へ曳かれゆく度草履音はキシキシと鳴るカタカナで鳴る

死刑囚の泪は骨の芯から出澄み渡る事無き悔の「湖」

執行の無き日続けば更に尚重なりて来る緊張の糸

いかほどの支援受けても溶けゆかぬ氷塊ひとつ処刑まで持つ

人の処刑詠ひて我が身の明日を想ひ三畳の独房また拭ひてをり

薄昏らき独房《へや》に独りを噛みしめてボブ・ディラン聞く「風に吹かれて」

人間であり続けゐる歌手ならむ加藤登紀子の芯強き唄

再審を重ねて常にやましさを覚ゆ我より遅そき確定者の死

この祖国《くに》は怒り無くして半世紀熱き夜明けを捨てた人民

終り無き断絶ならむ処刑とは瞳《め》だけはそこから新光を見む

都合よく神に縋りて赦し請ふ時にやましき心波打つ

一滴の感情も無き獄中で蟲啼く如く火の声で啼く

独房で病むといふこと苦しかり過去鮮やかに蘇がえり来て

我が身なれど別〔ママ〕からぬ事の多かりし命惜しき日疎ましき日々

手術後の痛さに冴えて十首浮く十首全てが我が執行の歌

我が声がこだます真夜の独房は野分けの如き慟哭の谷筋

執行の終りし頃に始まりぬ生きるてふこと我れには重く

死は常に近くにありて人恋ふる胸に巣喰ひし淋しさの蟲影

歌詠めば悔痛《いた》みばかりの文字の浮く琥珀の中の蚊より淋しき

生と死が噛み合いもせずこの独房《へや》の空気の中で我は透けゆく

死刑囚となりてより汗かかぬ身よ猛暑の独房《へや》の中に生きても

閉ざされれば無性に恋し屋上の運動場の光り・音・風

処刑待つただそれだけの刻を生き十六度目の春の雪見る

日射し無き棚で散りゆくガーベラの燃へ尽く前の絶叫の紅

怒り来て淋しく引ける潮騒の如くにありぬ処刑日の静寂

逝く先は月の砂漠と決めてをり戦に満ちたこの星を捨て

執行の来たる日までは持つ記憶瘡蓋にならぬ過去を抱えて

平然と二ケ月先の目録を持ち来てビデオ選れと言われり

書くことも取り上げらるる近き日を想へば長きそれからの空白

叫べども尚に叫べど声の出ぬ蒼きオブジェに成り果つる魂

処刑しかなき身の明日と決まれるに不乱に貼りぬ紙貼りの作業

眠る前に必ず眼鏡拭きをりぬいつも朝《あした》は幻だから

死ぬ事を見るも叶わぬ死袋をかぶりて棒のやふに吊らるる

本能がもふ死んでゐる日がありて味無きみそ汁砂流す如く飲む

母が待つ家路の地図を広げつつ雨垂《だ》れに沁む処刑ありし日

それぞれの色に淋しさ隠し持ち色鉛筆は生きて待ちをり

明日の朝ふと無きものと思ふ真夜腕立て伏せを息あがりてもする

留置場でイロハローマ字教えたるスリランカ人より差入れのあり

今日も死を考えながら齢を取る風呂で頭をかき洗ひつつ

貧血の身の執行は苦痛なきものと聞き知り食を細めり

給食費払えぬ事も苦にならず飢え持て遊びし頃は友居し

鉄錠の扉《と》を噛む音を聞く度に死刑囚になる命のすみずみ

秘めつつも獄中六十二歳となる我が誕生日にチョコレート買ふ

柩より静かな音の無き独房《へや》で畳打つ音我が落涙に立つ

はりはりと乾き来る夜の瞳の中に被害者の浮く苦しき程はっきり

灼熱の八月独房は明るしも住みをりし人今朝影となり

凍てつきし法廷を割る灼炎の「鬼イ〜」の声を寒く背で聞き

灼炎の喉から出でし絶叫の「鬼イ〜」の声にいまだ肌立つ

生きていて聞ける終ひの音我《ね》が落つる絞首の音か霙見つ思ふ

五階より下に降りるはもはや無く処刑受く日の地下にゆくまで

隣房も処刑無き事確かめて動き出だしぬ今朝が始まる

贖罪に身を削れども誰れの瞳も届かぬ独房《へや》の私は案山子

我が覚めし夜半の闇裂き救車ゆく街には命が息づいている

紫の一色ならば愛しくも重ねる息の死刑囚は黒

二〇一八年 「墨点」六〇〇首より

後悔に錆びたる声の悲しかり声だせぬ独房《へや》かすれ出る息

独房の色鉛筆は使われる日を黙し待つ我れと似たりて

寒々と処刑に佇《た》ちし夢の我れ赤き坩堝の靴をはかされ

卑怯にも睡魔に堕ちむ眠剤の力借りねば今日が終らず

満月があればコツリと壁打ちて窓まで誘ふ静かなる中

我が身にて人と会話す苦しさをひたすら隠し面会を終ふ

処刑死を意識して聞く真夜の風四季の巡ぐらずいつも冬音

言ふべきを言へざるままに還房す面会ありし日の紅き夕焼け

用もなき便座に座わり一夜聴く秋雨の音死者の去る音

知り人の病死処刑死聞くたびにいつも痺れる左手の小指

もふ買へぬ未来の光りの一端を獄窓より見たり一瞬の雷光

雨は弔音雪は弔旗の獄窓《まど》を見る今年も数多友を送りぬ

心ある看守と語る明日てふ日想わず今日を熱く生きると

受刑後は月の砂漠に花種を撒ひて歩こふ駱駝に乗りて

トランクスは色柄Tシャツは白と決め明日を想へぬ今を生きやふ

深き夜を切り裂き登る川花火泪出る身に怒り湧き出る

読み進む判決文の文字昏《くら》し思考の止まる風の強き日

苦しきは一打悲しきは三打壁を打つ隣君《きみ》との決まり嬉しきは連打

春雨の水の匂ひに染まりゆく時間の中も死刑囚として

コスモスの群れ咲く鉢の影見つつ明日は知らなゐ足の爪切る

春雨に肩を濡らして思いきり思考を翠の中に置き来る

無期刑の妻を残こして逝く事をふひに想へりコスモスを見ていて

思想無き歌ばかり詠む我が綴り「生きててごめん」一行に書く

何故かしら我が死を想ひ逃がれたる如く買ひたる牛乳石鹸

緑より薄き翠の羽を持つ薄羽蜻蛉我れの果て色

法廷の静けさの中の罵りが十五年目の夏に沸き立つ

夕すげの花の黄色は夢ありて遠き若き日溶けて来る色

ふりがなの無い後悔といふ色の秋雨の降る漆黒《しっこく》の一日

音を出す事のすべてを禁じられ私は今日も風で終わりぬ

予練無き処刑のありし刻限に友を想ひて風になりきる

雪の降る運動場の横風に溺れる如く罪を想へり

鉢植に水差す看守の如雨露借り花に水やる忘すれゐし喜び

孤苦強き夜半に筆より墨汁を半紙に落とす我が分身よ

静寂の独房《へや》に燃へたつ孤苦ありて半紙に零す墨汁の点

意味も無くらっきょつぶしぬ一包み処刑ラジオで聞きし真夜中

意識して悲しみを秘そと殺す術覚えし日より毎日が独り

息絶えた如く疲れて我れに従ふ翳名前無きまま死刑囚の「翳」

独房に照る蛍光灯を恋ひ飛べる蟲の如くに太陽を今浴ぶ

覚悟など無き性なれどよく見ればあはれ乱れのひとつだになき独房《へや》

これよりも広き空間忘すれ切り独房《へや》見渡せば我は小さし

この蕎麦を食へず逝きたる人想ひ憚りすする師走のつごもり

生きている今が幻光り無き肺に届かぬ水色の息

時に得し安らぎありて目薬を差して運動場の雲を見てをり

紙貼りの終へて静まる独房《へや》にまた重き自分の刻が始まる

海月より傷つきやすき我が手にて人殺めし日より海は消えたり

真向ひの独房《へや》より静かに漏れ来たる溜息の数かぞへゐる夏の夜

オウ！と朝呼び合う友が引かれゆく死の影も無く背筋伸ばして

人歩く道には春陽あるらしき独房に転がる冬が動かず

怯えさえ麻痺したる如刻は流れそれでも朝に乾く口の根

大空は細かき網に囲まれてリストカットの腕をふと見る

我が歌に傷負ふ人も数多居れば誠実に書く謝祈深く込め

過去といふ日しか噛〔ママ〕れぬ身にありて欲しきはひとつ確かなる明日

魂の色だと思ふ淋しさを固めた色の青き報知器

ナイフより鋭き刻を胸に入れ潜める朝の独房《へや》は氷洞

幻の空幻の街幻の雨に私は今濡れている「朝」

ほっと灯《つ》くひとつの独房《へや》の報知器は海より淋し澄んだ青色

生きやふと強く想ひて初めての購入したり花立てと切り花

獄中を厭わず降り来る綿雪は手に溶ける時瞬時燃へ立つ

人と会ふ事の無かりし日が続き蜩《せみ》聞く顔に表情は出ず

闇を撃て蜩程の穴を開け独房《へや》より叫けべ燃える命を

憶病な心隠して今朝も聞く処刑無きまで色の無き刻

引かれゆく朝の廊下は川ならむ波音の立つさ霧流れて

歪みなく一本首にロープ巻き堕つる夢見る日々重なれり

処刑受く朝かも知れぬ我が吐息薄き翠の煙り立てをり

鋭角な怯びえをいだき燃へ落ちる夢までの間の紅き後悔

空も地も身にかかわりの無きものになり胸中に色無き日綴り

校門も教科書も無く育ち来て獄舎で覚ゆ詞歌を綴りぬ

また出でし「ああ！」といふ声処刑日の我に沁み込む細き我が声

明けて来し空に色づく窓を見て二時間耐ふる処刑無きまで

話し来る壁に浮き出す顔ありて我も応へり白き横顔

我が身には望めぬものの数多あり一番欲しき緊張の無き朝

どこからか入いり来たれるハエの居て独房《へや》に二つの命ある夏

生きたいと、生きたいと、ただ願いつつ瞳《め》に見ゆるのは闇の一色

群悔に耐へ兼ね伏せる夜を終へてまた始まりぬ狂刻の朝

絶え間なく「何故殺したの」と問いかくる被害者の居る深き深き　闇

足を地につけず過ごせし二十年置き忘すれたる人間の色

激情に溺れて哭けば隣房《となり》よりかすかに聞こゆ励ましの点打

もふ鳴かぬ琥珀の中の蚊の如くいつか独房《へや》にて言葉失くせり

歩くてふ事の無き身の塊を琥珀に包む透明の独房《へや》

誰れか来て話しを下さいこの飢へた心に染むる一色の秘話

水辺無き夕雨の中獄中にしきりに鳴ける独りの「蛙」

今朝ふひに力づくでも生きやふと思ひて獄布乾燥に出す

丁寧に鰈の骨を取りいつつ考えてゐる明日生きる事

蛍人　蛍人　悲しき人よ闇に消ゆ独房《へや》に翠の風を残こして

紅く燃ゆ悔痛《いた》き夢の端《は》まざまざと蘇り来る脳を傷つけ

紅が好き反撃の色再生の命の血の色後悔の真色

監獄の闇無き夜に彷徨へば精霊色の蛍光灯に染む

漆黒の眠りの中に落ちゆけば独房《へや》に疲れた紫点の我が翳

命より重き想ぃを抱えゐて夜が始まりぬ瞳《め》が干乾びて

夕立が激しく降りて恋情をふと思ひ出す死刑囚徒が

二〇一九年　「書き残こして」七五首より

幻の影引き消へし刑場へ赤きタオルを握る白き手

抱かれゆく如く被膜に包まれて刑場に消ゆ揺れる君の背

明日の米悩む事無きこの独房《へや》で胸病む如くいたく人恋ふ

住みなれて心寂しも独房の窓より見ゆる痩せしひまわり

独房《へや》といふ囲いの中に生きていて灯があるだけの小さな墓場

処刑無き十連休の窓に佇《た》ち息深々と吸ふ背伸びしつつも

秋の蚊の声より寂し処刑さる人の小咳の遠きおもかげ

二〇一九年　「海市燃ゆ」五六〇首より

誰れが呼ぶか判からぬ声が風に湧く獄門台の近き我が独房《へや》

罪業の夢より覚めて確かなる記憶が放物線を描き戻り来

新刊の雑誌のインク心地良く独房《へや》で読み解く大学の模試

贖罪の重きに疲れ切り座わる広き広き三畳の独房《へや》

まだ生きているかという瞳《め》で我を見る看守取りゆく夕方の点検

あまりにも処刑の近き予感して真夜中に聴く月面の風音

ふいに湧く悲しき想いはいつの日も独房《へや》の外《と》に鳴る風が始まり

愛嬌のありし出目金二匹欲し人に語れぬ本音聞かせむ

短日の下駄音に恋う人の声獄窓《まど》の下には平凡がある

忘すれ得ぬ我れを憎みし一審の裁判長の細き瞳《め》の色

精気無く獄窓《まど》に写りし齢老いた受け入れ難き我が姿あり

聖堂も獄中らしく窓の無きミサの二本のローソクの灯に悔ゆ

ある夏の激しき雨の朝ありし大量処刑に塊り出ず息

弔鐘の如く悲しき風鳴りを聞き疲れたる処刑日の夜

七名も処刑ありし日変わりなくたわたわ揺れて日の丸が揚がりゐ

獄中に一歌浮けばその度に愛する人のまた遠くなる

この独房《へや》に我が身の物は何も無く命を歌う命さえ無く

命賭す思想も持てずただ夜の独房《へや》で擦りたきマッチ一本

ヒリヒリと命張りつめる朝ありてかじかめる手に夏の汗浮く

人と会う事もいつしか怖わくなり最後の見える監獄の面会

明日かも知れぬ処刑《し》を待つ我れに来し手紙の検閲二日掛かりぬ

我が順番《ばん》と想いて佇ちし扉《と》の前を看守の群れは隣房を囲めり

いつの日か塵となりゆく身にあれば区切りなき大空《そら》見上げて見たし

二・三月《ふたみつき》面会に来る病む母はガラス窓《ど》取れと看守に言ひけり

独房で処刑待ちいる刻の中爪切れば飛ぶ昏らき分身

確定せし日より十二年腕曲げて見る力瘤なき六十五歳か　もう

目の距離を引かれし君は思考無き瞳《め》を見開きて我を瞬時見

また我を捨てゆく人のひとり居て黄水仙の色独房《へや》悲しくす

日射し浴ぶ事なき獄中二十年老いたる腕の細き血管

蛍光灯の光りしか無き独房《へや》で我が影探がす命ある影

散髪の度毎想う我が顔の見知らぬ人の老人が居る

朝毎に十時過ぎねば確かなる命動かぬ死刑囚徒の今日

明朝の処刑に疑ひ持たぬ理由《わけ》それなりにある夜が続きぬ

嚙み殺す術を覚えて夜に上げる我が絶叫は背より出でなむ

母が我が手握れぬ怒りを面会のアクリル板を叩き続けり

執行の近しと想う些細なる事重なれば夜半に身を拭く

麦わらを一度被りて悲しかり胸に浮き来る獄中の古里

人の手に触れしを忘すれ皺の浮く指も愛しめ凍傷薬《くすり》塗る夜

漂流の続く命の果て浮きて処刑死の朝想う永き日

処刑死を想う疲れの夜に書ける処刑願いの小さき願箋

浅ましき獣の如き過去を持ち歌詠む事にひるみ覚える

後悔に食摂れぬ日の重なりて目まいの中に過去が浮き立つ

木陰無き獄舎四角い房を歩く人汗匂う麦わらを被りて

土に触れ草の匂いに染まりつつ歩きてみたし獄庭《にわ》といえども

累々と書き綴り来し後悔《くい》の書を破棄《はき》したる朝処刑続きて

刑場のある空に馴れ二十年死刑囚徒にやっとなりきり

海よりも群青に染む程悔をれど波来る度に薄すれゐる日もあり

コンクリを打つ雨の中風立てば独房に無き香り来る窓

情篤き口数の無き看守の背ことさら硬し処刑ありし日

罪名で区別されゐる死刑囚我れ底辺の黒き濁流

反省も悔悟も求めぬ来る処刑胸空白《から》にして生きる雨の日

笑顔しか無き奴だったと言われたし悔悟に醒めし死刑囚として

我が自由水色だと思う悲しみも水色だからその中で生きよう

迫り来る我が執行の時期感じ物書く量の増えし夕暮れ

想いより長く生かされ数度目の心変わりの遺書をまた書く

この独房《へや》に蘇がえり来る惨劇の匂いと同じ西日射す夏

細き雨降る街並の見たき日の外無き獄窓《まど》に寄りゆく欲望

死刑囚の身にある我の一日は必ず悲しき何かの記念日

背をポン！とたたき「生きよ」と言い残こし退官したる看守もいたり

キシ！キシ！と音する如く我が処刑近づきあるか赤き月出る

懼りて懼りて買うカステラの甘さ懐つかし我が誕生日

いつの夜の夢の中でも死刑囚寝汗に覚めて息荒く吐く

処刑無き夜を迎へて痛み来る一日分の疲労の切れ端

再審は罪業よりの逃避だと湧く想いあり特に雨の日

処刑日の近き想いて総私物処理頼みをく願箋認む

噛み合わぬ教誨師との生きる距離死を悟〔ママ〕す君生きようとする我れ

足首まで恐怖で疼く夜ありてポットでぬるき砂糖湯を溶く

認知症の母は来る度帰り来る汽車賃あるかと必ずに聞く

久方に霜焼けの出来なんとなく生きてる実感湧きて寂しき

我れに似し空無き獄の庭に佇つ風に揺れゐる痩せたひまわり

食事押す懲役囚の活きし腕我が細りゐる細き腕見る

風の中に我が名呼ぶ声かすり入り人影《かげ》を探がして一日の終う

熱き茶を握れば淋し如月の独りの午昼《ひる》が胸通り過ぐ

生きる夢少し湧き出で英会話教材ねだりし手紙出したり

悲しみに疲れ眠れば海の香の匂う泪が獄布濡せり

いままさに堕ちる姿の夢醒めて汗の中より見上ぐ独房《へや》の灯

波利波利と瞳《め》の乾く夜に浮かび来る殺めし女《ひと》の我れ見る白き瞳《め》

永遠と想える闇を探ぐりつつ辿り着けない本物の朝

（木）（金）と張りつめていし神経のほぐれて（土）（日）に茶の味のする

文字ひとつ罪あるゆえに削りつつ月の光りの曲線を詠む

三畳を過《よ》ぎる小虫を目で追いて二時間程の我れを忘すれる

日めくりの安らかな日の無いままに罪だけ我れに老い運こび来る

五分てふ短かきに射す元旦の独房《へや》で拾わむ手に丸き陽を

ぬめりつつ扉の透間より入《い》り来る友の処刑のありし日の風

二〇一九年　「それから・・・風」二五〇首より

絵を描けば色数足らず湧き上がる鬱と不安が混ざる独房

嫌らしき看守もいずれ塵芥そを想ひつつ花の水替ふ

昏らき独房《へや》を点眼液を差して見る物に色無き我れも虚の色

一色に照り輝やける雪の獄庭《にわ》我が足跡をひとつつけたし

嘆き深き手紙書きゐて配食の扉《と》の開く音に筆落しけり

遠く無い日だと想ふが刑場に黙して佇《た》てる狂《ふ》れまだ持てず

降りしきる細雨に濡れてみたき手を静かに出だす獄窓《まど》なく寂しき

遠くなき日の処刑死を想ひつつ五種の薬を今日も飲み終ふ

塊りとなりて悲しき座わり胼胝ただ処刑待つ二十年目の冬

この獄の霊安室は地下なりきこの夕焼けの届かぬも悲しき

五月雨の中生きて来し想ひして灰色の空灰色の独房《へや》

それからがまだ想い湧かぬ人生を風が静かに時を流れむ

編者あとがき

池田浩士

1

この一冊に収められている短歌は、ある一人の死刑囚が一八年におよぶ獄中生活の日々に詠《よ》んだものです。

その死刑囚は、四六歳だった二〇〇一年八月末から九月半ば過ぎにかけてのほぼ三週間のあいだに、一緒に暮らしていた女性と示し合わせて、同一市内で二度にわたる強盗殺人事件を起こし、二人の女性を殺害しました。第二の事件の直後に指名手配となったのち、九月二六日、二つの事件現場から二〇キロほど離れた私鉄の駅で共犯者の女性ともども逮捕され、それが生涯の終結に至る永い獄中生活の始まりとなったのでした。

「大和《やまと》連続主婦殺人事件」として社会に衝撃を与えたこの事件で、「強盗殺人罪」、「強盗強姦罪」その他の罪に問われた被告は、犯行の事実を認めながらも、ある祈祷師の予言に示唆されて行なったものだと弁明しましたが、もちろんこれは情状酌量の理由とはなりませんでした。裁判での判決は、一審の横浜地裁（二〇〇三年四月三〇日）、二審の東京高裁（二〇〇四年九月七日）ともに「死刑」でした。最高裁の判決（二〇〇七年一一月六日）でも、上告棄却とされて、被告の死刑が確定しました。二人の子どものある家庭を捨てて主犯の男性と同棲し、ともに破局に身を投じた共犯者の女性は、すでに高裁で「無期懲役」の判決が確定して、栃木刑務所に下獄していました。

この死刑囚が、どういう動機から獄中で短歌と出会い、いつごろからみずからも短歌を作るようになったのか、その事情を私は知りません。ただ、前述の事件で最後に逮捕されるまでの彼の生活は、短歌とはおよそ無縁なものであったこと、有罪なら死刑か無期懲役かしか選択の余地がない罪状で起訴されたのち、初めて獄中で短歌を学んだことを、私が読むことのできた夥しい数の彼の短歌のいくつかから、読み取り確認し得るのみです。かれの短歌のなかには、寺山修司に対する共感を歌ったものが十首近くありますが、寺山の歌を初めて知ったのが最後の獄中でのことだったのか、それ以前のことだったのかについては、確かめる手がかりがありません。しかし、ひとたび短歌を詠むことを知り、それが生きる意味の重要な部分となった彼の作品が、こうして作者の死後に一冊の歌集として残されることになるまでの経緯は、その歌集の編者として具体的に記しておかなければなりません。

響野湾子という獄中歌人の作品が獄外に知られるようになったきっかけは、二〇〇四年に発足した「死刑廃止のための大道寺幸子基金」による「死刑囚表現展」でした。その年の五月に八三歳で他界された大道寺幸子《さちこ》さんの遺産——おそらく郷里を去るとき自宅を売却して得たと思われる——を基金にして、獄中の死刑囚から文芸作品・絵画作品などの表現を募り、すぐれた作品には幾ばくかの賞金を贈って、再審請求その他の必要経費に充ててもらおう、というのがその趣旨です。

大道寺幸子さんは、やはり死刑囚だった大道寺将司《まさし》さんの母でした。将司さんは、一九七一年一二月から七五年五月にかけて日本社会を震撼させた「三菱重工本社爆破事件」を始めとする「連続企業爆破」と、当局が秘密裏に処理しようとした「昭和天皇爆殺未遂」の実行犯の一人として、七五年五月に逮捕され、八七年三月に死刑が確定して獄中にあったのです。彼とその友人たちは、一九七〇年春、アジア諸地域に対する日本の侵略戦争の歴史的責任を日本人自身が問うことを課題として、「東アジア反日武装戦線」という地下組織を結成しました。いくつかのグループに分かれて活動したこの組織のうち、彼は侵略企業爆破と天皇断罪を任務とする「狼」と呼ばれるグループのメンバーでした。

一人息子の将司さんが逮捕起訴されて以後、幸子さんは、獄中政治犯の救援や死刑廃止の運動に関わっておられました。獄中の将司さんも基金の設置に賛成し、「死刑囚表現展」は二〇〇五年度から作品募集を開始しました。「大道寺幸子基金」はその後、冤罪で三四年八か月の獄中生活を強いられたのち無罪が確定した「島田事件」の元死刑囚、赤堀政夫さんからの寄付を加えて、二〇一五年からは「大道寺幸子・赤堀政夫基金」として継続されることになります。

作品展への応募資格は、第一審であれ上級審であれ公判で死刑判決を受けた獄中者に限られ、毎年度の作品募集は七月末日が締切りとされています。第一回の二〇〇五年には、一八人の応募があり、私も選考委員の一人としてそれらの作品の評価に加わりました。選考の結果と各作品についての講評は、毎年一〇月初旬の「世界死刑廃止デー」に合わせて東京で開催される「死刑廃止フォーラム」で、選考委員たちによって報告されることになっています。この表現展のことが知られるようになるにつれて、応募者と応募作品は年々増加していきました。

響野湾子の名で短歌が初めて送られてきたのは、二〇〇六年の第二回表現展にさいしてです。作者は、一審で死刑を宣告されたのち、二年足らず前の二〇〇四年九月に東京高裁で控訴を棄却され、あとは遠くない最高裁判決を待つだけ、という時期にある未決囚でした。ハッとさせるような言葉の力を持つ短歌そのものとともに、墨（筆ペン）で書かれた特徴のある鮮やかな筆跡から強い印象を受けた記憶が、いまも残っています。作者が獄中で書く自筆の原稿は、一枚一枚に拘置所の検閲印が捺されたうえで獄外への移送が許可されるので、わら半紙一枚に二首の短歌を書いた作者の筆跡に、そのまま触れることができるのです。

響野湾子の作品には、最初の応募のときから、短歌だけではなく俳句や不定型詩、あるいはエッセイ風の文章もあって、それらの作品も、総じて作者の感性と言語表現の豊かさを物語っていました。けれども、短歌に詳しいわけではないにもかかわらず私個人が毎年とりわけ強く惹かれたのは、短歌形式の表現でした。これは、「死刑囚表現展」のどの選考委員にも共通する評価だったと思います。彼が作品を寄せたすべての年度に、「死刑囚表現展」の何らかの賞が贈られましたが（毎年連続して受賞というのは彼だけでした）、それらはいずれも、短歌を主要な対象にしています。二〇〇八年（第四回）だけは、七月末の締切りを過ぎてもついに応募がありませんでした。前年の一一月に最高裁で死刑が確定し、獄中での処遇が変わったことに起因するものと推測されますが、あるいは確定の衝撃が作者を打ちのめしたことを、物語っているのかもしれません。

翌二〇〇九年、響野湾子の作品はふたたび死刑囚表現展に復活し、そののち作品数は年ごとに増大していきました。短歌だけに限れば、二〇〇九年は三〇〇首、二〇一〇年と二〇一一年は三六五首だったのが、そののち年によって増減はあるものの、二〇一二年は六三四首、二〇一四年と二〇一八年は八〇〇首に及んでいます。そして、処刑によって制作が絶たれる直前の二〇一九年（第一五回）の締切り前に寄せられた最後の諸作品のうち、短歌作品はこれまでで最多の八八五首を数え、過去一三年のあいだに届いた短歌の総数は、計六三二一首に達しました。本書に収められているのは九一二首ですから、ようやく応募作全体の七分の一に過ぎません。

2

この一冊に収められた作品だけでなく、作者のすべての短歌作品のいずれもが、獄中での作者自身の体験や心情をテーマにしています。それらのうちでも、自分が犯した償うすべのない罪から逃れるまいとする姿や、それにもかかわらずますます募る処刑の恐怖を歌った作品に、緊張感と密度の高いものが多いのではないでしょうか。私個人は、響野湾子の短歌に強く惹かれた当初から最近に至るまで、作者がどんな罪を犯したのかという先入観にとらわれずに作品そのものを評価したい、むしろ作品そのものから事件とその実行者に接近したい、という思いから、事件の名称を知る程度以上には、敢えて事件について調べてみることをしませんでした。これは、他の死刑囚の応募作品に対しても私が維持してきた原則です。けれども、このほど故人の短歌集の刊行を企画した出版社から、厖大な数に上る遺作を一冊の歌集に編むという仕事を委ねられ、遅ればせながら可能な範囲で事件と作者自身とについて知るよう努めました。その結果は、目を覆いたくなるような悲惨で残虐な所業を知ったことによって、作者の短歌がますます痛切に生きいきと私の胸を打つ、という事実でした。

作者が犯した犯罪の残虐さと悲惨さは、死刑が確定することになった最高裁の判決からも、思い描くことができるでしょう。

被告の死刑を認めた高裁判決を不服として被告・弁護側が行なった上告に対して、上告審での最高裁判決は、その主文で「本件上告を棄却する。」と宣告しました。そしてその理由として、死刑は憲法の禁止する残虐な刑罰にあたるとする被告・弁護側の主張を、死刑を合憲とした最高裁判例に基づいて斥け、さらに、刑事訴訟法が定める原判決破棄の要件のいずれも適用する余地はない、としたあと、以下のように述べています。

付言すると、本件は、被告人が、共犯者と共謀し、（1）当時54歳の女性を強姦した上、殺害して金品を強取しようと企て、同女方マンションで、同女の口を所携のタオルでふさぐなどの暴行を加えて強姦しようとしたものの、その目的を遂げず、さらに、殺意をもって所携のベルトを同女のけい部に巻き付けて締め付け、出刃包丁でその腹部を突き刺すなどし、そのころ同所において、同女を絞けいに基づく窒息及び腹部刺創に基づく出血により死亡させて殺害した上、現金約23万円やキャッシュカード3枚等在中のリュックサック1個（時価約3000円相当）を強取し、引き続き、同強取に係るキャッシュカードを使用して、銀行の現金自動入出機から現金40万9000円を引き出して窃取し、（2）当時42歳の女性を強姦した上、殺害して金品を強取しようと企て、同女方マンションで、同女の腰部に所携のスタンガンを押し付け、その場に押し倒して両手でそののど元を押さえ付け、その身体にペティナイフを突き付けて、その両手首及び両足首を粘着テープで緊縛するなどの暴行等を加えて同女を強姦し、さらに、殺意をもって、その顔面全体に粘着テープを幾重にも巻き付けて同女を水を張った浴槽につけ、その顔面等を両手で押さえ付けるなどして、同女を窒息死させて殺害した上、現金6万円及び通帳等在中のポーチ1個（時価約500円相当）を強取したほか、被告人が単独で、（3）当時60歳の知人女性から金員を強取するとともに、同女を強姦しようと企て、同女方マンションに侵入した上、同女に脅迫等を加えて強姦し、引き続き、現金約12万円及びキャッシュカード2枚を強取したが、上記強姦の際、同女に全治約1週間の傷害を負わせ、引き続き、同強取に係るキャッシュカードを使用して、銀行の現金自動入出機から現金425万円を引き出して窃取したという事案である。

各犯行は、いずれも悪質であって、動機及び経緯に酌量の余地のないものであるが、取り分け、(1)及び(2)の各犯行は、当初から各被害者に対する強盗強姦及び強盗殺人を遂行するとの確定的な犯意の下、共犯者との間で役割分担等を決め、周到な準備をした上で、何ら落ち度のない被害者らを強姦し、あるいは強姦しようとして暴行を加えた上、惨殺し、金品を奪うなどしたものであって、誠に凶悪である。被害者らは、妻として、母親として、家族にとってかけがえのない存在であったところ、被告人は、自己の性的及び金銭的欲求を満たすために、これを踏みにじり、一瞬にして平和な家庭を崩壊させたものであり、その結果は重大で責任は極めて重い。遺族らの処罰感情がしゅん烈を極めるのも当然のことである。加えて、(1)及び(2)の各犯行は、同じ市内において、わずか約3週間のうちに連続的に敢行されているのであって、地域社会に与えた衝撃も計り知れない。そして、(3)の犯行も、それ自体、重大な事案であるところ、被告人には同種強盗強姦等による懲役前科があること、上記のとおり強盗強姦ないし同未遂を伴う(1)及び(2)の各犯行にも及んでいることなどを考えると、この種犯行の常習性も顕著というべきである。

以上のような諸事情に照らすと、本件各犯行についての被告人の刑事責任は極めて重大であり、被告人が、一部についてはおおむね事実を認めて反省悔悟の情を示していること、（1）及び（2）の各犯行の共犯者に対しては無期懲役刑が確定していることなど、諸般の事情を勘案しても、原判決が維持した第1審判決の死刑の科刑は、当裁判所もこれを是認せざるを得ない。

よって、刑訴法414条、396条、181条1項ただし書により、裁判官全員一致の意見で、主文のとおり判決する。〔以下略〕

（最高裁判所ホームページで公開されている判決文書による。ただし、原文の横書きを縦書きに変えた。）

「死刑囚表現展」に寄せられた作品や、それに添えられた手紙からは、本人がこの判決文に記されている内容を事実に反すると考えていた形跡は読み取れません。裁判官独特の文体は別としても、事件の現場についての記述は、大筋において判決文の通りだったと考えて、間違いないのでしょう。そうだとすれば、これらの事件の犯人の所業には、部外者である私から見ても、とうてい弁護の余地はないとしか言いようがありません。この犯人は、あろうことか同棲する女性に手伝わせながら、残虐無惨な凶行を冷酷無比に、それも一度ならず実行し、被害者たちに筆舌に尽くせぬ恐怖と苦痛と絶望を与え、被害者を愛する人たちに深い衝撃と怒りと癒すことのできぬ悲しみをもたらしたのです。

この一冊の歌集に収められた短歌は、そのような、いわば天人ともに許さぬ一人の人間によって詠まれました。あるいは、同じ一人の人間の二つの姿がこの一冊の歌集のなかに生きている、とも言えるでしょう。そして、そのうちの一人が詠んだ短歌は、短歌としてどれほど優れたものがどれほど多くあろうとも、もう一人の卑劣で残忍な所業を免罪することなどないでしょう。短歌がなし得ることは、それらを詠んだのがまさしくこの悪逆無惨な一人の人間であるという客観的事実を、読み手に伝えることでしかないでしょう。この一冊を編むにあたって私が自分に課した目標は、そのような客観的事実をとりわけありありと痛切に描いた作品を、読者に届けるということでした。

3

響野湾子の六千首を超える歌のなかから取捨選択してこの一冊を編むにあたっては、私なりに最小限の基準あるいは原則に従っています。もっとも基本的な一点は、歌われている主題や思想的内容ではなく、言葉としての表現の力あるいは質《しつ》を重視する、ということです。選んだ歌はいずれも、言葉そのものによって私が強く心を打たれたものであり、編者である私の世界観や人間観に添って作品を選ぶことは意識的に避けています。そしてもう一点は、解説や註釈がなければ読者に届かないような作品は基本的に除外する、ということです。いずれも、短歌という言語表現の持つ可能性を響野湾子の作品は豊かに内包しているという確信からの判断であり、この可能性を解説抜きでそのまま読者に手渡したいという希いに基づいての判断です。

そのために、作者が獄中で体験した重要な出来事を歌った作品のいくつかを、除外する結果となりました。そのことについて記しておかなければなりません。

死刑が確定して以後、死刑囚は接見や獄外との交流を厳しく制限されることになります。本書に収めたいくつかの作品にも歌われているように、年老いて認知症の進行する母との面会はできましたが、それ以外に接見交流権を持つことができたのは、カトリック教会のシスター（修道女）二名で、これは作者が洗礼を受けて信徒となったからでした。シスターたちとの接触が作者に大きな力を与えたことは、二〇一六年の次のような一首からもうかがわれます。

妻よりも愛《かな》しく想ふ人ありてシスタークララは八十四歳

これ以外には、カトリックの神父である教誨師との接触が規定に従って行なわれたのを別とすれば、救援者としてごく少数の人たちが手紙のやり取りを許されていました。手紙のやり取りは、獄中結婚した妻とのあいだにも行なわれていました。共犯者の女性は、前述のように二〇〇四年九月に「無期懲役」が確定して下獄しましたが、このとき二人は、獄外の救援者を書類上の立会人として獄中結婚したのでした。それ以後に手紙のやり取りをするためにも、そうする必要があったのです。栃木刑務所と東京拘置所とを結ぶこの交通が、本書にも収めた妻を歌ういくつかの作品を生むことになります。

獄外との交通が厳しく制限されている死刑囚は、もちろん獄内の同囚との接触も自由ではありません。独房の壁を叩いて通信しあったり、処刑の朝に廊下を引かれていく姿をかいま見たりする情景は、本書に収めた歌にもしばしば詠まれていますが、こうした極めて制約された関係のなかで、作者にとって特筆すべき一つの出逢いがありました。応募作品には、それを歌った短歌がいくつも含まれています。

卑劣なる我が身を友と呼びくれし重き病ひの革命家に謝す　（二〇一二年）

獄中の闘士といわれ久しくも折り目正しき革命家をり　（二〇一三年）
獄中の静かなる熱き思想家の背筋に強き革命を見る　（二〇一四年）

これらの歌は、解説抜きでは意味が不明なものですが、それ以上に、短歌として優れた表現であるとは言いがたい、というのが私の感想です。この理由で、本書には採録しませんでした。しかし、作者にとってはこの一人の同囚との出逢いがきわめて大切なものだったことは、感動を過度なまでに表出した歌そのものが物語っているでしょう。この出逢いが具体的にどのような形でなされたのか、今となってはその経緯の詳細は不明です。考えられる唯一のことは、何らかの機会に獄中で接触の機会を持った両者が、それぞれの獄外の救援者を介して交流を深めるようになった、ということです。この交流によって知った同囚の人となりや前歴が、響野湾子という獄中歌人に深い感動を与え、この感動が歌に詠まれた、ということでしょう。その同囚もまた、言葉をメディアとする表現者でした。作者は、俳句を詠むその「革命家」から作品集（句集）を贈られているのです。

命より友裏切らぬ喜びを得たりぬ「残の月」を読みつつ
癌闘の囚兄より我励まされ賜ひし句集にプライド芽吹く

獄中で骨身を削り上梓せる革命家より句集賜わる

（いずれも二〇一六年）

この死刑囚が大道寺将司さんであることは、「残の月」という句集の表題からも明らかです。大道寺さんが獄中での長い闘病のすえ二〇一七年五月二四日に六九歳の誕生日を目前にして世を去ったとき、それを知った響野湾子は、真情にあふれる短歌をいくつも詠みました。二〇一七年度の「死刑囚表現展」に送られてきたそれらのなかで、作者は、大道寺さんを「志士」あるいは「士」、さらには「俳士」と呼び、深い敬意と悲しみを表わしています。それらのうちには、「闘癌の志士に贈らんが為に金溜めし本は修司の句集《〔ママ〕》」という歌もあります。大道寺さんから贈られた句集のお礼に、自分が愛読する寺山修司の作品集を買って贈るつもりで、紙袋張りの仕事に精を出していたのです。

大道寺さんの死後、響野湾子は、「大道寺将司くんと社会をつなぐ交流誌」である『キタコブシ』という冊子の最終号（Vol. 178 二〇一七年一一月二四日発行）に、亡き友を偲ぶ詩を寄せました。俳句と不定型詩とを織り交ぜたこの作品に添えた手紙には、こういう一節があります、「とにもかくにも僕は面会で数回会っただけでなく隣の房など大道寺さんがいつも近房に居て、ぼくが何を思っているのか、そして彼が何を思っていたのか、6年間一緒に居て、胸が痛むと再三にわたり医務の者に言っていたのに、癌の発見が大分遅れて誠に残念です。我慢強かった彼が相当に痛がっていた姿を何年も見て、一緒に暮らし続けて来た者として残念というより無念です。」

前述のとおり、私個人は、大道寺さんとの出逢いを直接的に歌った作品が、響野湾子の短歌のうちで優れた部類に数えられるとは思えません（ただ一首を別として）。しかし、作者にとってこの出逢いがどれほど重要で感動的なものであったかは、これらの歌から率直に読み取ることができます。死刑囚となるまでの生涯では、そしてその生きかたが続いていたとしたら永久に、作者にとってこの出逢いはあり得なかったでしょう。この出逢いの感動と喜びが、作者の作品にも小さくない衝撃と励ましを与えたに違いないことは、想像に難くないでしょう。それは、自分自身がたどってきた生涯を相手の生きかたとの比較であらためて見つめ直し、おそらく自分の運命を絶望的に悔い呪わなければならなかった出逢いでもあったのではないでしょうか。そのような大切な出逢いを残して世を去ってしまった「囚兄」の死を悼む一連の悲歌のなかには、私の胸を強く打つ次のような一首があります。

骨癌の長き闘ひ終へし士に小雨よ我は弔旗とならむ

4

響野湾子の最後の応募作品が「死刑囚表現展」の運営委員会に届いたのは、二〇一九年五月のことでした。検閲期間と連休とをはさんで到着した作品に添えられた手紙には、四月二八日の日付が記されています。この歌集を編むにあたって、私は運営委員の一人にいくつかの質問を書き送ったのですが、最後の作品が届いた時期についても、そのやりとりのなかで知りました。例年は七月末の締切り近くになってから送られてきていたので、今年は早いなと思った――とその運営委員は述べています。数年前から、応募作品には処刑が近いことの予感がくりかえし歌われていましたが、この予感はいよいよ切迫したものになっていたのでしょう。一日も早く送っておかなければならないという作者の思いは、的外れではありませんでした。締切り日である七月末日の翌々日、八月二日の死刑執行が、響野湾子という獄中歌人と、彼が歌うはずだった現実とに、終止符を打ったのです。

二〇〇七年一一月に死刑が確定したあと、一年の空隙を経て再び作品が届いたとき、それ以前には墨書きだった短歌は、鉛筆で書かれていました。翌年も同様でしたが、そののち二〇一一年からは墨書きが復活して、それは一八年まで変わりませんでした。しかし、二〇一九年に送られてきた短歌は、「書き残こして」と題する七五首のうちの五首だけが墨書きだった以外は、すべて鉛筆で二冊の大学ノートに記されていました。この歌人の唯一の歌集であり遺作集でもある本書には、最後の年に寄せられた八八五首の短歌のうちから、一〇三首が収載されています。

最後に、もはや歌うことのない響野湾子という歌人の雅号について記しておかなければなりません。

すでに述べたように、彼の応募作品は短歌だけでなく、多岐の領域に及んでいます。短歌作品に関しては、作者名はすべて響野湾子でしたが、短歌以外の作品のうちには、作者の名が本名で記されているものもあります。短歌は、どの年度にも、その年度の作品群に歌集としての表題が与えられており、その表題とともに響野湾子という名が、作品と同じ字体で記されています。しかし、それらの作品群に時として付された短い添え書きには、やはり同じ書体で本名の署名がなされていることもありました。これらの事実から、必ずしも自分の本名を知られたくないために雅号を使ったわけではないことがわかります。短歌のなかには、「宛人を知らずば教え置きまする東京拘置所庄子幸一」（二〇一六年）という戯歌《ざれうた》めいた一首があることからも、それは明らかです。作者が響野湾子というもう一つの名前を自分に与えたのには、別の動機があったはずです。もちろん、今となっては本人にその真意を問うて確かめるすべはないのですが、もう少しこの名前について考えてみたいと思います。

「死刑囚表現展」に作品が送られてきた当初、私は、響野湾子を「ひびきの・わんし」と読んで疑いませんでした。俳人の高濱虚子や水原秋櫻子が念頭にあったからでしょう。ところが、何年目かに、本人から、これは「きょうの・わんこ」と読むのだということが知らされてきたのでした。それについての具体的な説明はありませんでしたが、この読みかたに込められた意味を、私なりにいくつか想像することはできるでしょう。

まず「きょうの」については、「今日の」というごく普通の意味が思い浮かびます。もう一方の「わんこ」から思い浮かぶイメージはそれほど簡明ではありませんが、比較的なじみのあるものを挙げれば、岩手を始めとする東北地方の郷土食である「椀子蕎麦《わんこそば》」かもしれません。小さな椀に入れた蕎麦を、次々と椀を空《から》にしながら満腹するまで食べつづける風習で、山陰や近畿北部では「わりごそば」と呼ばれて「割子」や「破籠」の字が当てられることも、周知のとおりです。作者は本書に収められた作品の一つで、故郷が北上川のほとりであると歌っています。この意味だとすれば、この「わんこ」には、中学二年のとき両親が離婚し、一人の弟とともに母親の手で育てられた遠い昔への思いが、痛切に込められているのでしょう。故郷を捨てなければならなかった母子は、岩手県から関東の都市部に暮らしの場を移すことになります。東北弁を話す貧しい母子家庭の子の前には、白眼視と冷たい差別が、空腹《ひもじさ》とともに待ち構えていたでしょう。

「わんこ」は、もう一つ、「わんこ飯《めし》」という合成語としても使われます。もちろん、ワン公、つまり飼い犬に与えるメシのことです。人間がそれを食べるとすれば、犬並みの存在であるということです。底辺労働の飯場《はんば》で出されるメシや、「臭いメシ」という異名をもつ監獄の給食が、それに相当します。きょうのわんこ飯にありつけたときの思いは、それにしかありつけない日々の思いとともに、作者にとって、昔も今も無縁な現実ではなかったのかもしれません。作者は、本書に収載された歌の一つで、ドヤ（主として日雇い労働者が利用する簡易宿泊所）での体験も詠んでいるからです。

響野湾子の獄中の短歌は、少年時代に自分と家族が余儀なくされた貧しく惨めな日々や、恵まれない無念な生活に明け暮れた若い年月を、自分が犯した取り返しのつかない罪過の理由として歌うことを、ぎりぎりの極限まで拒否しています。それでも、いくつかの歌には、苦しく悲しい過去の日々が姿をのぞかせずにはいませんでした。許されることのないみずからの犯罪と向き合おうとしつづけたこの歌人の作品が、読者の胸のなかに、おぞましい犯罪者のもう一つの人間の顔を浮かび上がらせるだけでなく、彼が生きなければならなかった現実へのまなざしと想像力をもまた呼び起こすことができるなら、一冊の歌集を残して去った歌人の生涯は、死刑によっても断つことのできない小さな根を、その現実の深みへと伸ばしながら生きつづけることになるでしょう。

（二〇二一年初夏）

響野湾子（きょうのわんこ　本名＝庄子幸一）
1954 年 10 月 28 日生まれ。
2001 年 8 月、9 月に事件を起こす（大和連続主婦殺人事件）
2003 年 4 月 30 日　横浜地裁で死刑判決
2004 年 9 月　7 日　東京高裁で控訴棄却・死刑判決
2007 年 11 月 6 日　最高裁にて上告棄却・死刑確定
2019 年 8 月　2 日　東京拘置所にて死刑執行（享年 64 歳）

2006 年から 2019 年まで（2008 年を除き）、死刑廃止のための大道寺幸子基金（2015 年から大道寺幸子・赤堀政夫基金）死刑囚表現展に、短歌、俳句、詩などを応募。選考委員から高く評価され優秀賞などを毎年受賞。俳句集は近日、かちどき書房から刊行予定。

池田浩士（いけだひろし）
1940 年大津市生まれ
1968 年 4 月から 2004 年 3 月まで京都大学在職
2004 年 4 月から 2013 年 3 月まで京都精華大学在職
2005 年から 2020 年まで死刑囚表現展の選考委員を務める
著書
『池田浩士コレクション』全 10 巻刊行中、インパクト出版会
『死刑の〔昭和〕史』インパクト出版会、1992 年
『ボランティアとファシズム』人文書院、2019 年など多数

深海魚　響野湾子短歌集

2021 年 8 月 2 日　第 1 刷発行

著　者　響　野　湾　子
編　者　池　田　浩　士

発行人　深　田　　　卓
装幀者　宗　利　淳　一
発　行　インパクト出版会
〒 113-0033　東京都文京区本郷 2-5-11　服部ビル 2F
Tel 03-3818-7576　Fax 03-3818-8676
E-mail：impact@jca.apc.org
http://impact-shuppankai.com/
郵便振替　00110-9-83148

モリモト印刷